ESPELHO MEU

Edgar J. Hyde

Ciranda Cultural

Dados Internacionais de Catalogação na Publicação (CIP)
(Câmara Brasileira do Livro, SP, Brasil)

Hyde, Edgar J.
Espelho meu / Edgar J. Hyde ; [tradução Silvio Antunha].
– Barueri, SP : Ciranda Cultural, 2015. – (Hora do Espanto)

Título original: Mirror, mirror.
ISBN 978-85-380-0845-3

1. Ficção juvenil I. Título. II. Série.

15-02225 CDD-028.5

Índices para catálogo sistemático:

1. Ficção : Literatura juvenil 028.5

Tradução: Silvio Antunha

1ª Edição
4ª Impressão em 2016
www.cirandacultural.com.br

A tradução deste livro vai para Lucas e Bia, e para a Faísca.

Sumário

Capítulo 1

A Loja de Antiguidades

Sophie parou, extasiada. A boneca, que usava um cintilante vestido prateado, rodopiou graciosamente na estante. A melodia conforme a qual a pequena bailarina executava os movimentos estava agora tão fraca que Sophie precisou inclinar a cabeça em direção à caixinha de música. Dos demais espectadores, a boneca merecia apenas um rápido olhar, talvez um sorriso de alguns, ao lembrarem que tiveram um brinquedo parecido quando crianças. As delicadas sapatilhas de cetim estavam desbotadas, e muitas pequenas lantejoulas prateadas haviam caído do vestido da boneca. Conforme rodopiou em círculo e voltou a ficar de frente para Sophie, a menina notou que apenas parte do lábio superior da boneca conservava a cor vermelha colocada ali muitos anos antes.

"Apesar disso, eu posso consertar você" – pensou Sophie. "Posso deixar você novinha em folha."

Para ela, a boneca era absolutamente mágica, e ela decidiu naquele exato momento que a bailarina teria que ser sua. Ela não sairia da loja naquele dia se não a levasse junto.

Do canto do olho, ela observou a mãe e o pai. Estavam ambos compenetrados na conversa com o dono da loja – um senhor idoso que Sophie conhecia desde que foi à loja pela primeira vez quando garotinha, levada pelos pais, junto com as duas irmãs. A mais velha, Amy-Beth, estava empoleirada no topo de um monte de caixas de laranjas no canto, olhando fixamente para fora da janela, pensativa, como se a loja de antiguidades não fosse interessante para ela. Sophie arrepiou-se. Talvez existissem aranhas naquelas caixas, aranhas enormes do tamanho do braço – nada que assustasse Amy-Beth – ela realmente deveria ter nascido menino!

Vestindo um jeans velho e um colete horroroso, Amy-Beth era o modelo da menina travessa. Seu belo cabelo loiro comprido roçava no rosto, e só parava no lugar com uma fita vermelha – uma concessão que ela estava preparada para fazer pelo fato de ser mulher.

Os olhos de Sophie deixaram Amy-Beth e seguiram para onde Lucy estava sentada, com a cabeça debruçada, como sempre, devorando cada palavra de cada livro que caísse em suas mãos. A própria Sophie nunca entendera essa atração pelas palavras que a irmã do meio sentia. Embora lesse o bastante para alguém de 7 anos de idade, essa era uma habilidade que ela raramente usava, pois preferia em vez disso admirar as revistas brilhantes que a mãe às vezes comprava, ou que ficavam espalhadas por toda parte no salão de beleza local.

De repente, ela se deu conta de que sua (pois já a considerava sua) bailarina estava quieta. A música tinha parado e Sophie curvou-se para frente para pegar a caixinha e reiniciar a música.

O sr. e a sra. Johnson estavam, pelo menos dessa vez, de pleno acordo. Ao entrarem na loja, eles ficaram encantados com o belo espelho de ótima qualidade suspenso acima do longo balcão da loja. A sra. Johnson ficou de fato tão perplexa diante da beleza do espelho que suspirou em voz alta. O marido ficou um pouco mais reservado depois de verificar o preço na etiqueta, mas, achando ao alcance deles, concordou com a esposa que seria realmente muito agradável olhar o espelho suspenso acima da lareira no estúdio deles recentemente decorado.

– Pronto, meninas... – avisou o sr. Johnson. – Vamos embora!

Amy-Beth e Lucy juntaram-se aos pais assim que eles se despediram do velho sr. Lawson.

– Vou mandar entregar depois de amanhã – disse. – Dá tempo de vocês decidirem exatamente onde vão pendurá-lo – concluiu sorrindo.

A sra. Johnson virou-se e caminhou em direção onde Sophie continuava parada. – O que foi agora? – sorriu a mãe com delicadeza. Era bem típico de Sophie descobrir as coisas mais bonitas da loja.

– Oh! Mãe... – Sophie olhou nos olhos da mãe. – Prometo que fico para sempre sem dinheiro no bolso se puder levar só essa bailarina hoje.

A sra. Johnson ficou sem graça quando levantou a pequena caixa de música para verificar o preço. – Para sempre? Obrigado! Que audaciosas promessas as crianças fazem... Prometem o Reino dos Céus e tudo o mais por causa de uma caixinha de música barata. – Pois era realmente barato o preço rabiscado com grandes letras azuis no cartão amarrado no pé da bailarina. Ela olhou para o marido. Ele sorriu e encolheu os ombros antes de desmanchar o cabelo de Sophie.

– Vá em frente então, amor, mas acho que umas duas semanas sem dinheiro no bolso já bastam.

– Oh! Pai, mãe, obrigada, vocês fizeram de mim a garota mais feliz do mundo. Vou tomar o máximo cuidado com ela, prometo.

Sophie quase ficou sem fôlego com toda aquela agitação, e correu até o balcão para observar o sr. Lawson empacotar o seu tesouro. – Bem, agora já não acho tanta coincidência assim... – disse o sr. Lawson enquanto pegava a caixinha. – Isso veio

da mesma casa do espelho que seus pais acabaram de comprar. Vocês têm bom gosto nessa família, não é?

Um pouco antes, o sr. Lawson contou ao sr. e à sra. Johnson que o espelho pertenceu ao lorde do Solar, de algum lugar em Weybridge, que antes, era propriedade dos lordes anteriores que, como nobres, a transmitiram através dos séculos.

Os Johnsons ouviram o que o velho tinha a dizer, e se mostraram muito interessados na história do espelho. Eles tinham escutado outras histórias do lojista antes, histórias que sentiam que eram *aperfeiçoadas* com uma pitada de romance e perigo de modo a incentivar os clientes em potencial a compartilharem o dinheiro deles. Não que alguém duvidasse que não houvesse nenhum elemento de verdade no que o sr. Lawson dizia – mas é que às vezes ele mostrava certa tendência a exagerar um pouco a verdade.

– Muito bem visto, esse espelho – ele havia comentado antes, e agora dizia o mesmo da pequena bailarina. – Só gostaria de saber das histórias que ela contaria se pudesse falar! – e piscou para Sophie enquanto terminava de embrulhar a caixa em papel de seda.

Sophie sorriu em resposta. Ela havia lido em algum lugar que era muito deselegante uma garota piscar, e então decidiu que um sorriso seria mais adequado. Observou o pacote do comerciante e agradeceu afetuosamente antes de se juntar às irmãs na porta da loja.

– Só podia ter nascido uma dama, essa moça! – sorriu o sr. Lawson.

A sra. Johnson retribuiu o sorriso, pois tomava conta das três filhas. "Como" ela perguntou a si própria pela milionésima vez – "é possível ter três meninas tão absolutamente diferentes umas das outras?"

Amy-Beth tinha 13 anos de idade e estava no último ano do Ensino Fundamental. Agraciada com boa aparência, tinha o cabelo loiro comprido em perfeitas condições, apesar de não fazer nada para isso, além de prendê-lo para não cair no rosto. A pior tragédia da vida inteira dela era o fato de ter que usar uniforme escolar.

– Definitivamente deveria ter sido menino, essa minha primeira filha, sem um hormônio feminino no corpo!

Ela agora olhava em direção a Lucy. A mãe conhecia cada cacho na cabeça de sua filha de 12 anos de idade, já que essa era a parte da menina que via com mais frequência. Lucy passava cada hora que estava acordada (e algumas quando deveria estar dormindo) com a cabeça debruçada sobre o livro que estivesse lendo no momento.

Espelho Meu

Depois que os professores primários a levaram para a terra da palavra impressa, Lucy demonstrou tamanha sede de conhecimento que seus pais quase não sabiam como saciá-la. Quando saía para brincar com as adolescentes da vizinhança, ela podia ser vista sozinha lendo um livro debruçada sobre o degrau de alguma escada – às vezes até aqueles indicados para crianças bem mais novas, simplesmente por serem os únicos disponíveis no momento. Por alguma razão, ela não conseguia impedir a si mesma de pegar qualquer livro, e de se perder nas palavras ali contidas. É claro que os professores dela estavam encantados, ainda mais quando Lucy começou a mostrar o mesmo amor pelas palavras quando se expressava nas redações, normalmente recebendo a nota mais alta nas provas em sala de aula. Ela agora estava inscrita na biblioteca local, e podia levar para casa seis livros de uma vez. É claro que a maioria das pessoas procurava devolver os seis livros dentro do prazo estipulado, com pelo menos dois ou três não lidos – mas não Lucy. Ela voltava à biblioteca, normalmente na mesma semana, com cada palavra de cada livro lido, digerido e memorizado para uso futuro.

E Sophie – a pequena bela e angelical, Sophie – bem, talvez nem tão angelical assim, às vezes. A sra. Johnson contava os colares em volta do pescoço da filha de 7 anos; eram quatro ao todo. Tinha três braceletes no braço direito, e usava longos brincos de rubi – com fecho, ela acrescentaria – pois, embora Sophie tivesse implorado e suplicado aos pais, a sra. Johnson permaneceu firme e dissera *não*. Orelhas furadas só depois que a filha estivesse com pelo menos 10 anos de idade.

A sra. Johnson soube pelo reflexo que Sophie tinha pintado as unhas com o esmalte claro que deixava na gaveta de cima em casa. Os lábios dela, também, pareciam mais rosados que o normal, e ela realmente não sabia dizer se era a cor naturalmente escura dos cílios dela que os fizeram parecer tão longos hoje, ou se a garotinha tinha melhorado a si própria com o rímel da mãe. Ela decidiu tratar desse *pequeno* problema quando chegassem em casa, pois temia que a filha algum dia prejudicasse os olhos em razão da eterna busca pela beleza. Sophie usava um vestido vermelho colado, sem dúvida para combinar com os brincos de rubi, meia-calça branca rendada, e sapatos vermelhos brilhantes para finalizar. Bela como um retrato, sem saber disso...

A família deixou a loja de antiguidades, depois das despedidas finais ao sr. Lawson, entre promessas de entrega na terça-feira.

Espelho Meu

– Estou contente pelo que fizemos esta manhã – disse o sr. Johnson para a esposa enquanto ligava o carro. – Agora, vamos para casa almoçar.

Conforme o carro subia a ladeira no último trecho da volta para casa, Oatlands surgia no horizonte.

Amy-Beth achava a casa absolutamente espetacular. Não que não gostasse de beleza, como Sophie achava, só que ela não era vaidosa e buscava beleza fora dela própria. A casa tinha sido construída há cerca de 200 anos e, embora imponente, Amy-Beth sempre a considerava amistosa e acolhedora desde a chegada. Em pleno outono, os imensos jardins dos arredores exibiam todos os tons de vermelhos, dourados e laranjas, que ajudavam a compor a atraente aparência da casa.

Por enquanto, a família Johnson não usava todos os aposentos de Oatlands, pois haviam mudado para a casa apenas três meses antes. A mãe das meninas não tinha pressa com a decoração. – Melhor esperar e comprar exatamente o que você quer, do que se apressar e fazer tudo errado – costumava dizer.

Amy-Beth gostava de fuçar e, embora tivesse passado a maior parte do tempo livre, desde que se mudaram para lá, fazendo exatamente isso, tinha certeza de que ainda existiam locais da casa que não conhecia. Quando o carro passou pela entrada, ela já foi soltando o cinto de segurança, preparando-se para correr do carro até o porão. Ela se preparava para dar início à exploração daquela área depois do café naquela manhã quando foi chamada para ir até a loja de antiguidades. Agora, apressando-se, ela podia passar pelo menos uma hora lá embaixo antes da mãe chamá-la para o almoço.

O sr. Johnson mal parou o carro, e a menina abriu a porta e pulou para fora. Lucy também já havia soltado o cinto de segurança, e se aprontava para uma saída rápida.

– E você, exatamente, aonde pensa que vai? – indagou a mãe dirigindo-se a Lucy, já que era tarde demais para fazer a mesma pergunta para a filha mais velha, que naquele instante já estava fora do alcance da voz.

A garota hesitou, com uma perna já pela metade fora da porta do carro. – Preciso terminar o capítulo que estava lendo esta manhã, mãe, quero saber o que aconteceu com a Julie-Anne. Eu estava em um ponto realmente crucial quando você me chamou, e não consegui me concentrar direito na loja de antiguidades. Por favor, mãe, só uma horinha, daí eu volto e ajudo você a preparar o almoço.

Ela sorriu de um jeito cativante para a mãe. Embora talvez não fosse tão bonita como as outras filhas, Lucy tinha um sorriso que podia enfeitiçar os pássaros nas árvores, e isso funcionava sempre com a sra. Johnson.

– Vá em frente, então – ela suspirou. – Por que da próxima vez que for à biblioteca você não pega uns livros de culinária? Se você se interessar por esse assunto como pelo resto, quem sabe eu até possa ter algum descanso depois de passar a minha vida na cozinha.

O sr. Johnson saiu do carro e ajudou Sophie a soltar o cinto de segurança. Ela desceu do carro com todo cuidado, segurando firmemente com as mãos o pacote com a belíssima embalagem.

– Se está indo para seu quarto, Sophie, o almoço estará pronto em uma hora, então desça quando eu chamar.

– Certo, mãe... – sorriu Sophie, que parou na ponta dos pés para beijar a mãe. – E obrigada, este foi o melhor presente da minha vida. Ela virou-se em direção ao pai, beijou-o também, e subiu a escada para o quarto.

O sr. Johnson pendurou seu paletó no pequeno cabide embaixo da escada e seguiu para a sala de estar para terminar a leitura dos jornais.

– Nada mais, tudo sob controle – pensou a sra. Johnson enquanto vestia o avental e seguia para a cozinha, onde abriu os armários.

– E agora, então, qual o cardápio de hoje?

Capítulo 2

História ou Imaginação?

"Oh céus! Onde foi parar o estojo de primeiros socorros?" – perguntou a sra. Johnson para si mesma. Deveras, se alguém sabia onde ficavam as coisas na casa, só podia ser ela, já que ninguém mais dava a menor importância para tarefas domésticas como arrumar e manter as coisas em ordem.

O pai aparentemente havia cortado o dedo em um canto do novo espelho, que tinha sido entregue, conforme prometido, na terça-feira de manhã. Ele passou grande parte da manhã tentando pendurá-lo na parede em cima da lareira. Por fim, depois de muito martelar, colocar e recolocar, depois de muito resmungar e de alguns protestos da esposa, ele conseguiu deixar o espelho pendurado no lugar certo. Mas, ao descer a escada, esbarrou o polegar em uma parte entalhada na borda dourada em torno do espelho, daí a busca pelo estojo de primeiros socorros.

A sra. Johnson saiu da cozinha carregando a caixa considerada desaparecida e seguiu para o estúdio onde o marido ferido estava sentado, sentindo muita pena de si mesmo. Ela enxugou o dedo dele, completamente transtornada, e elogiou muito o *fabuloso* trabalho que ele fizera, de pendurar o espelho. Alguns minutos depois, o enfaixado cônjuge sorria novamente. Para voltar ao normal, a esposa sabia que o ego dele só precisava ser massageado, além de um pouco de paparicação. Ele andou se pavoneando praticamente pelo cômodo inteiro, virando em cada canto para ver como o espelho parecia de um determinado ângulo.

– Sim, parece ótimo, querida, mesmo sendo eu quem diz isso – declarou para o mundo, como se fosse ele quem tivesse feito o espelho inteiro, mais do que apenas pendurado em um prego na parede. A sra. Johnson, porém, sabia quando ficar quieta, e apenas murmurou que estava de acordo.

– Já que estamos realmente usando a sala, talvez possamos comprar lâmpadas de parede. Se as colocássemos em determinados ângulos, elas mostrariam o espelho em sua melhor forma – disse sr. Johnson.

– Sim, querido – concordou a esposa, enquanto o conduzia para fora da sala. – Mas, depois que você limpar a chaminé, ligar o gás e fizer uma visita à campânula de gás para conseguir uma chama bem regulada. Receio que ainda haja muita coisa a fazer antes que possamos começar a usar a sala adequadamente.

As três meninas também admiraram o espelho. Ele, de fato, ficava mesmo imponente pendurado ali, embora Sophie fosse muito pequena para ver a si própria, a não ser que ficasse na ponta dos pés.

– Vamos, vocês duas – disse Amy-Beth, a fuçadora, – temos muito o que ver e o que fazer, e quase nenhum tempo para fazer tudo isso.

Lucy, com um livro enfiado debaixo do braço, seguiu a irmã mais velha ao sair da sala. Não que fosse fazer alguma exploração, pelo menos nada além do capítulo 9 do livro! Sophie, então, ficou sozinha na sala. Logo descobriu que se subisse na mesa de trabalho do pai forrada de couro, conseguia ver a si própria no espelho.

Nesse dia, ela usava o esmalte de unhas *Maré Vermelha*. A mãe disse que quando não fosse à escola podia usar cores brilhantes, e ela passou a maior parte da manhã aplicando a cor em suas unhas pequeninas, mas perfeitamente formadas.

De manhã cedo, no desjejum daquele dia, ela admirava as unhas de todos os ângulos, segurando a colher de modo a exibi-las em sua melhor forma. Mas, se ela queria que as irmãs demonstrassem algum interesse pelas unhas dela, logo viu que não seria possível. Amy-Beth passou a refeição inteira da manhã questionando o pai a respeito da história da casa. E Lucy? Bem, Lucy estava, quase inacreditavelmente, lendo o rótulo traseiro da caixa de flocos de milho. Sophie sacudiu a cabeça, pegou a caixinha de música que a acompanhava por toda parte, dispensou a si própria da mesa do café, e se encaminhou para o estúdio.

Ela subiu por conta própria, com alguma dificuldade, na mesa de trabalho, e pegou o batom equivalente ao esmalte *Maré Vermelha* no estojo de maquiagem. Abriu a tampa do batom e, usando um pequeno espelho de pentear, aplicou com cuidado a cor vermelha nos lábios. Sorriu para si própria no grande espelho dourado. "Bonito" – ela pensou consigo mesma, mas quem visse pediria desculpas por achar que ela parecia um tanto *satânica,* com seu pequeno rosto branco, emoldurado por cachos castanhos, rematado com brilho para os lábios vermelho demais. Para a própria Sophie, porém, ela estava bonita, e não se importava com a opinião de ninguém.

Devidamente maquiada agora, sorriu, totalmente satisfeita com o reflexo no espelho. Pegou a revista brilhante e se dedicou a ler a página de "Dicas Úteis Para o Cabelo". Com todo cuidado, posicionou as mãos de modo que pudesse ver as pequeninas pétalas vermelhas nos dedos cintilarem de volta para ela no espelho. Decidiu ler em voz alta. Ela assistia, fascinada, às aulas da professora da escola dominical que lia todos os domingos, com as longas unhas retorcidas em volta do livro, os lábios adornados com uma cor brilhante que jamais parecia se mexer, apesar das frequentes lambidas.

A leitura em voz alta não demorou muito, porém, logo em seguida, ela pegou a pequena caixa de música, agora com a bailarina restaurada em sua antiga glória. Sophie havia pintado os pequenos lábios da boneca com o esmalte de unhas, e também as minúsculas pontas dos dedos da mesma cor, para combinarem.

Ela deu corda na caixinha e a colocou ao lado sobre a mesa de trabalho e, quando a música começou a tocar, retornou à leitura na página que dizia "Dicas de Cores". Ela só estava curiosa para saber o que a mãe acharia se tingisse alguns cachos de roxo, quando pensou que sentiu que alguém a observava.

Quando levantou os olhos, imaginando que veria apenas o próprio reflexo, ficou aterrorizada de ver não somente o próprio rosto mas o de uma garota mais velha, muito parecida com a Lucy. Ou melhor, talvez não porque ela fosse parecida com a Lucy, mas pelo fato de que tinha um livro aberto sobre os joelhos. Mas ela não olhava para o livro, porém, olhava fixo, diretamente para Sophie. Sophie sentou muito quieta e piscou bastante, então virou a cabeça rapidamente para olhar para trás. Não havia mais ninguém na sala. Certamente ninguém mais que pudesse criar esse reflexo que ela agora via ao lado dela. A bailarina fazia piruetas e girava graciosamente conforme a música, de algum modo emprestando um ar de irrealidade à cena como um todo.

Sophie tratou de descer da mesa de trabalho para ir atrás dos pais, ou das irmãs, mas antes que fizesse isso, a garota do espelho tirou os olhos de Sophie para olhar outra cena que estava surgindo. Embora apavorada, Sophie não conseguia desviar os olhos do espelho, nem conseguia descer da mesa de trabalho. Seus olhos seguiam os da garota, e a cena diante dela mudou completamente.

Eram milhares e milhares de pessoas, todas se acotovelando e se empurrando por um lugar na multidão. Sophie viu uma imensa construção de madeira, uma espécie de andaime, totalmente coberta por um pano preto, e com palha esparramada em cima. Uma dama se aproximou do andaime, uma dama jovem e bela, acompanhada de quatro ajudantes. Ela usava um vestido cinza escuro enfeitado com peles, e uma longa capa branca. Nas mãos, a mulher apertava um livro de orações, e quando se aproximou do andaime, virou e entregou o livro para uma ajudante.

As quatro mulheres choravam, e Sophie podia sentir a atmosfera de medo. Agora a multidão estava ficando agitada, as pessoas gritavam e insultavam, com punhos cerrados socavam o ar, os adolescentes eram colocados sobre os ombros. A bela dama, com o cabelo amarrado para cima, ajoelhou-se no cadafalso sobre o andaime e tirou o colar. Um homem encapuzado, vestido totalmente de preto, que Sophie depois ficou sabendo que era o carrasco, falou rapidamente com a dama e ajoelhou-se para pegar o machado escondido na palha. Quase ao mesmo tempo em que Sophie entendia o que estava para acontecer, o carrasco ergueu o machado no ar e deslizou-o para baixo rapidamente, decapitando a mulher.

Sophie gritou horrorizada. Ela espiou a moça do espelho e achou ter notado lágrimas no rosto dela também. Quando a cabeça decepada caiu sobre a palha na frente do cadafalso, o carrasco pegou-a e a exibiu para a animada multidão. Sophie gritou, mais alto dessa vez e, já não mais paralisada de medo sobre a mesa de trabalho, saltou da mesa e fugiu do estúdio o mais rapidamente que suas jovens pernas permitiram.

– Mãe, pai, alguém me ajude, me ajude! – ela correu pelo corredor, gritando ruidosamente. Ela quase saltou fora da própria pele quando deu de encontro diretamente com Amy-Beth, que acabava de sair da cozinha.

– Pelo amor de Deus, Sophie, o que aconteceu com você? – Amy-Beth agarrou a garotinha com firmeza pelos ombros. – Calma – disse para a garota agitada –, e me conte que história é essa.

– Oh! Amy-Beth foi horrível! Eles a mataram, e ficaram contentes porque ela morreu. Havia um homem com um capuz, e a mocinha estava tão triste, eu acho que ela estava gritando, também, e havia sangue em toda parte na palha.

– Aguente firme, Sophie, aguente firme. Você devia estar assistindo a um filme de terror, e se você estava, vou ter que contar para a mamãe, se foi esse o efeito causado em você.

– Não era filme, Amy-Beth, por favor, não brigue comigo, não fiz nada de errado, sinceramente, foi o espelho! Eu só estava olhando o espelho, e algo horrível aconteceu! Não entendo, não consigo entender.

Dessa vez, Lucy também apareceu, e parou para saber o motivo de todo aquele tumulto.

– Venha, Sophie, vamos para a cozinha e sente-se. Quem sabe você não se acalma um pouco e nos conta exatamente o que aconteceu.

Lucy pegou a irmã menor pela mão e a levou para o conforto aquecido da cozinha. As três irmãs sentaram-se em volta da mesa.

– Ok, Sophie, se você já está se sentindo um pouco melhor, conte tudo desde o começo e talvez possamos entender essa coisa toda – disse Amy-Beth. Foi o que ela fez. Começou a contar que pegou a revista, deu corda na caixa de música, até chegar à cena do espelho. As duas meninas mais velhas entreolharam-se...

– Bem, pelo que sei, eu diria que você andou lendo alguma história, Henrique VIII ou alguma coisa do gênero – disse Lucy. – Parece exatamente a cena de uma das esposas dele sendo decapitadas.

Amy-Beth cutucou Lucy nas costelas. – Não a deixe mais assustada do que já está – repreendeu a irmã. – Venha, Sophie, vamos voltar ao estúdio e ver o que descobrimos.

Sophie estava consternada. – Mas eu não posso voltar lá! Por favor, Amy-Beth, não me faça voltar ao estúdio, aquilo me assusta demais. Por favor, faço tudo o que você disser, só não me peça para voltar naquela sala!

– Sossega, Sophie – disse Amy-Beth, colocando o braço em volta dos ombros da irmã mais nova. – Não vou forçar você a fazer nada que não queira, não se preocupe. Lucy e eu iremos. Você fica aqui, e logo voltaremos.

Sophie enxugou os olhos, esquecendo por um momento o rímel nos cílios que aplicara com tanto cuidado pela manhã, e que agora borrava todo seu rostinho, manchando-o de lágrimas.

– Onde estão a mamãe e o papai, de qualquer modo? – ela queria saber.

– Foram até o supermercado há pouco (agorinha mesmo, eu acho). Nós, de fato, não queremos que eles vejam você nesse estado sem sabermos exatamente o que está acontecendo.

Lucy ofereceu um copo de leite à irmã menor, colocou dois biscoitos de chocolate em um prato e, depois de verificar se ela estava bem para ficar sozinha por uns minutos, as duas meninas deixaram a cozinha e se encaminharam ao estúdio.

Amy-Beth empurrou a porta para entrar. As duas garotas foram recebidas com a quietude, o cheiro de couro velho e ar de paz reinantes. Lucy se abaixou para pegar a caixinha de música da irmã, caída no chão.

– Veja, ela deve ter derrubado quando correu da sala – disse.

Amy-Beth acenou com a cabeça confirmando. – Ela deve ter ficado realmente amedrontada para largar a bailarina de qualquer jeito, com certeza.

Amy-Beth caminhou em direção ao espelho, procurando alguma pista daquilo que teria ocorrido no estúdio poucos minutos antes. Bem, o espelho parecia mesmo um espelho! Ela parou na ponta dos pés e tocou as beiradas por toda parte, tentando sentir se possivelmente existiria algo atrás. Afastou-se do espelho, depois virou rapidamente para olhar o próprio reflexo: nada, exceto o próprio rosto.

"Eu me senti meio doida fazendo isso" – pensou, sacudindo a cabeça. Ela não queria deslocar o espelho do lugar na parede depois de toda a encrenca que o pai causou para pendurá-lo, no *lugar certo,* e virou para Lucy para ver se esta não tinha encontrado nada, quando percebeu algo caído no tapete bem na frente de onde parou. Abaixou-se mais perto e viu que era um fragmento de palha – ou melhor eram *fragmentos* de palha, fragmentos grudados com sangue!

– Não acredito nisso, não pode ser! – disse a si mesma, ao pegar a palha e enfiar rapidamente no bolso da calça jeans.

Lucy virou: – O que foi que você disse?

Amy-Beth não percebeu que falou em voz alta. – Nada, não, Lucy, eu só acho que estamos perdendo tempo aqui, não há nada a ser encontrado, vamos voltar para a cozinha com a Sophie.

Amy-Beth, por enquanto, não queria que a irmã mais nova visse o que ela havia encontrado, não até que ela tivesse mais tempo pelo menos para examinar aquilo. – Venha – e pegou o rumo para fora da sala – vamos.

Amy-Beth esperou Lucy deixar a sala, então virou para fechar a porta. Empurrou a palha mais fundo no bolso e então virou para a irmã mais jovem.

– E, Lucy, não quero chamar sua atenção nem nada disso, só quero dizer que eu sei que você é culta e tudo mais, mas eu realmente não acho uma boa ideia plantar coisas na cabecinha da Sophie.

– Eu sei, sinto muito, isto é, não queria fazer isso, mesmo. Sinceramente, Amy-Beth, ela pode ter visto a descrição da cena direto nos livros de história. Quero dizer que Ana Bolena morreu exatamente desse jeito. Quatro senhoras esperaram por ela, o carrasco segurou a cabeça no alto para mostrar para a multidão o que acontecia com quem cometia traição em relação ao rei, e o cabelo dela foi amarrado para cima para não ficar no caminho do machado do carrasco.

Amy-Beth ficou arrepiada sem querer. – Ok, Lucy, eu ouvi o que você disse, mas francamente, agora você está me deixando de cabelo em pé na nuca! Por favor não diga mais nada disso para a Sophie. Sem querer duvidar dela, acho que ela deve ter imaginado tudo isso. Talvez ela tenha sonhado acordada quando a caixinha de música tocou, quem sabe?

Carregando a revista e a pequena bailarina, as duas meninas caminharam de volta pelo corredor em direção à cozinha. Lucy tocou no braço de Amy-Beth. – Quero apenas lembrar mais uma coisa.

– O que foi agora? – perguntou a irmã, um pouco impaciente.

– Bem, quando Ana Bolena estava sendo mantida prisioneira na Torre, ela mandou embora uma de suas ajudantes e pediu que a sobrinha de 7 anos de idade ficasse no lugar dela. Veja que no passado não se considerava adequado expor uma garotinha desprotegida à realidade do sofrimento e da morte. Talvez a garotinha do espelho...

Amy-Beth ouviu o suficiente. – Lucy, se alguma vez você repetir uma palavra disso, uma só palavra, de novo, eu vou colocar fogo em cada livro seu. Você não viu como a Sophie está assustada, e ainda vai acrescentar histórias de horror?

– Não estou tentando assustá-la, Amy-Beth, só que realmente existia uma garotinha de 7 anos de idade...

As palavras de Lucy minguaram quando viu o jeito como Amy-Beth olhava para ela. – Tá bom, sinto muito, nunca mais vou mencionar isso. – E, pegando a revista da irmã, empurrou a porta da cozinha para entrar, e foi confortar a irmã mais jovem da melhor maneira possível.

Amy-Beth empurrou ainda mais fundo no bolso do jeans o pedaço de palha molhado de sangue. Queria impedir qualquer um de ver o que havia encontrado no chão do estúdio antes que pudesse passar a limpo por inteiro toda aquela história!

Capítulo 3
A Tia Patsy

Sophie acordou na manhã seguinte e encontrou Amy-Beth ao lado dela na cama, então tocou com delicadeza no rosto macio da irmã.

– Amy-Beth – ela disse baixinho.

Amy-Beth respirou fundo e tentou abrir os olhos. – Oi, maninha – disse, e virou para o lado dela. – Que horas são?

Sophie olhou para o despertador cor-de-rosa em forma de coração e respondeu: – São 7h39.

– Vinte para as oito? – disse Amy-Beth. – Parece que estamos no meio da noite!

– Sinto muito, Amy-Beth, não queria acordar você, mas estava curiosa. O que você está fazendo na minha cama?

– Não lembra? Você estava tendo um pesadelo. Eu só estava voltando para o meu quarto ontem à noite quando ouvi você chamar. Você estava mesmo totalmente perturbada, não sei como não consegue lembrar.

Sophie ergueu-se sobre um cotovelo. – Lembro que estava assustada antes de deitar, Amy-Beth, mas não lembro de você vindo para o meu quarto.

– Bem, acho que está tudo bem – sorriu Amy-Beth. – Não vale a pena perder tempo com essas coisas, não é? Provavelmente você estava sonhando com a *experiência* que teve no estúdio, embora eu realmente ache que foi algum truque da sua imaginação.

Sophie começou a protestar, mas a irmã mais velha colocou o dedo indicador sobre os lábios da garotinha. – Sossega agora, vamos esquecer tudo a respeito dessas coisas. O que acha de fazermos uma surpresa para a mamãe e o papai? Vamos levantar mais cedo e levar um café pronto para eles. O que diz?

Sophie sorriu. – Ok, então! – e saltou da cama, atordoada, vestida com uma camisola. – O que vamos fazer, panquecas?

As duas foram para a cozinha no andar de baixo. Amy-Beth ficou arrepiada. – Está frio aqui – disse. – Quero que o aquecimento funcione logo. – As palavras dela mal escaparam da boca quando ouviram os familiares rangidos e estrondos do velho sistema de aquecimento central começando a dar sinais de vida.

– E lá vamos nós – disse para a irmã mais jovem –, agora logo vai esquentar...

Quando os pais das meninas chegaram no andar de baixo algum tempo depois, foram recebidos pela convidativa visão de panquecas recentemente feitas, ovos com bacon quentes na panela, e o delicioso aroma de café fresco.

– Bem, essa foi uma bela surpresa – disse a mãe ao beijar o topo da cabeça da filha mais jovem, e ao encontrar Amy-Beth no fogão. – Ao que devemos a honra, então? – concluiu.

– Nada, mãe – respondeu Amy-Beth. – A gente só decidiu que era tempo de você ter um descanso da cozinha, especialmente porque hoje é domingo. E como acordamos muito cedo, achamos que fazer o café seria um bom começo.

– Bem, nós adoramos, não é mesmo, querido? – e a sra. Johnson virou para o marido.

– Hein? O que foi? – murmurou o pai, já com a cabeça enfiada nas páginas de esportes dos jornais de domingo que pegou na caixa de correio quando passou pelo corredor.

– Ele gostaria de saber se a Lucy já tomou o dela! Eu disse que adoramos as meninas fazendo café assim, para nós... – disse a mulher puxando os jornais da frente do rosto do marido, e esperando pela resposta dele.

– Ora, sim, sim! Sinto muito, meninas, só queria saber o resultado da grande luta de ontem à noite. Sim, o cheiro é mesmo delicioso, vou repetir tudo

– disse à esposa, e imediatamente voltou aos muito apreciados jornais.

– Então, vou ver se a Lucy ainda está dormindo, mãe – disse Amy-Beth, entre pedacinhos de torradas.

– Não, ela não está dormindo – replicou a sra. Johnson –, está deitada na cama, *lendo,* para variar!

Amy-Beth sorriu. – O que faria essa garota sem livros?

Sophie evitou o estúdio pelo resto daquela semana. Não que tivesse algum motivo para ir até lá, mas porque ela gostava da sala, do ar tranquilo, do cheiro de couro velho, que de algum modo lembravam-lhe o pai. Ela passava a maior parte do tempo ou em seu próprio quarto, ou com uma das irmãs nos quartos delas. Lucy ajudou-a a tingir o par de sapatos favoritos dela. Eles estavam tão desbotados que seriam jogados fora, mas as duas fizeram um trabalho tão bom que a mãe disse que Sophie podia ficar com eles. E, assim, ela passava os dias, brincando quieta com a caixinha de música, e fazendo os pais sorrirem quando subia a escada com os sapatos amarelos brilhantes enfeitados com adesivos de margaridas em cada correia.

– A tia Patsy vai chegar na sexta à noite – disse a mãe nesse dia.

– Oh, ótimo! – disse Amy-Beth.

– Ela vai ficar?

– Provavelmente sim. Seu pai e eu vamos sair e pode ficar tarde demais para ela voltar para casa. De qualquer maneira, temos muitos quartos para ela por aqui – concluiu.

A tia Patsy era irmã da sra. Johnson, e as três meninas gostavam quando ela vinha para ficar. Era o tipo de tia que qualquer menina gostaria de ter. Ela nunca brigava, dava balas quando pediam, assistia a DVDs bobos com as garotas, geralmente até elas se cansarem. Toda vez que ia à casa delas, chegava carregando uma enorme maleta de viagem, dentro da qual as meninas sabiam que havia presentes para todas. Uma revista para a pequena Sophie, normalmente com um batom de brinde na frente, o novo livro de sucesso que a tia Patsy sabia que a Lucy ainda não tinha lido, e, por fim, para Amy-Beth ela trazia cordões brilhantemente coloridos para suas enormes e deselegantes botas de caminhada. E assim, a visita da tia Patsy era sempre ansiosamente aguardada.

– Oh, mãe! – exclamou sem fôlego Sophie à noite – Você está linda.

– Ora, muito obrigada, querida! – sorriu a sra. Johnson após a olhada final no espelho. – Estou realmente emocionada, porque este vestido ainda serve. Fazia tanto tempo que não o usava que cheguei a duvidar se conseguiria fechar o zíper!

Sophie entregou à mãe as luvas vermelhas que estavam na mesa de cabeceira e sorriu admirada. A mãe estava embrulhada da cabeça aos pés em seda vermelha, com o cabelo escuro puxado para trás formando um coque. Ela e o pai estavam saindo para uma festa que o escritório dele estava oferecendo, e decidiram no último minuto passar a noite no hotel.

– Vocês, meninas, se comportem bem com a tia Patsy e, em hipótese alguma, peguem de repente sarampo ou peste negra. Vou deixar o número do telefone do hotel para que ela entre em contato comigo.

Lucy acabava de entrar no quarto dos pais. – Peste negra? Mãe, você não está recuando um pouco demais no tempo? Isso já acabou há muitos anos.

A sra. Johnson sorriu. – Coisas estranhas, minha querida, coisas estranhas. Agora, onde coloquei os meus brincos?

Ela nem precisava ter perguntado. Sophie estava segurando-os contra as orelhas dela enquanto se admirava no espelho.

– Mãe, eu não posso...

– Não comece com a ladainha da orelha furada novamente, Sophie, já avisei antes, só quando for mais velha. Você tem apenas 7 anos de idade. Agora venha me dar um beijo antes de eu passar o batom, e não vamos nos aborrecer por causa de velhos brincos bobos antes de eu sair à noite.

– Sinto muito, mãe – disse Sophie, e abraçou e beijou a mãe. Lucy também beijou a mãe, então, as três retiraram-se para o andar de baixo. Assim que chegaram ao corredor, elas ouviram a campainha tocar.

– Deve ser a tia Patsy – observou a sra. Johnson –, mais cedo que o de costume. – A mãe conhecia há muito tempo os problemas de pontualidade da irmã, e descobriu que se ela quisesse que a Patsy chegasse às 7h, devia pedir para que ela viesse às 6h, depois de perceber que ela nunca, jamais, chegava no horário em lugar nenhum! Amy-Beth e o pai abriram a porta.

– Oi – sorriu radiante a tia Patsy, com uma sacola ainda maior que a de costume enfiada debaixo do braço. – Deixem-me entrar, rápido, aqui fora está *um gelo*.

Amy-Beth sorriu. A tia Patsy sempre chegava *congelando, morrendo de fome* ou *de sede*. Tudo em extremos, sempre.

Harry Johnson acompanhou a cunhada até a cozinha, para onde todo mundo seguia quando entrava na casa. – Deixe-me pegar o seu casaco, Patsy. Posso lhe trazer café ou qualquer outra coisa?

– Oh, isso seria adorável, Harry – disse ao entregar o sobretudo a ele. – Meu Deus, como você está elegante – ela disse então, virando quando a irmã entrou na sala, também admirada. – Posso imaginar que assim você será a mais bela da festa, invejada por todas. Agora, onde está esse café antes que eu congele até morrer?

Amy-Beth sorriu. Tudo em extremos! Essa era a tia Patsy. Tudo bem...

Capítulo 4

O Ataque Aéreo

A tia Patsy guardou com cuidado a sacola atrás da porta da cozinha.

– Tia Patsy – disse Lucy – eu odeio dizer isso, mas acho que você trocou de sacola!

A tia Patsy sorriu. – Meu Deus! Ninguém consegue manter segredo nesta casa por muito tempo. – Ela caminhou para onde a sacola estava e a abriu. Uma diminuta caixa se apresentou dentro da sacola, era uma caixa de papelão grosso com furos, e da caixa veio o som de uma respiração ofegante, seguida de um amedrontado latido. As meninas se ajuntaram em volta da tia Patsy enquanto ela removia a tampa. Então, o mais bonito, mais fofo e dourado filhotinho de cachorro levantou os olhos para todos. Os maiores e mais castanhos olhos jamais vistos. Foi uma tremenda balbúrdia. Todo mundo falava ao mesmo tempo, as meninas pediam para segurar o cachorrinho.

– Oh! Tia Patsy, é tão lindo! É ele ou ela? É para nós? Podemos ficar com ele? Qual o nome dele? Que idade ele tem? Ele pode dormir no meu quarto?

Hora do Espanto

A tia Patsy não sabia qual menina fez qual pergunta, mas tentou responder da melhor maneira possível.

– É para toda a família, o presente de inauguração da casa nova, tem 8 semanas, ainda não tem nome, e a mãe de vocês decide onde ela vai dormir.

Jill Johnson olhou consternada para a irmã. Patsy havia comprado um *cachorro* como presente de estreia da casa nova! Ela queria trucidá-la... Três meninas, a casa decorada pela metade, e agora um cachorrinho! Tentou sorrir, disfarçando a careta para o lado.

– Puxa, que surpresa, Patsy! Mas como foi uma surpresa *assim*, é óbvio que não temos um cesto para ela dormir conosco ainda, então você vai pensar em algum lugar para colocá-la hoje à noite até fazermos compras amanhã. Na sua cama, com você, quem sabe? – concluiu, sarcástica.

Patsy não se importou. – Claro, ela pode dormir comigo hoje à noite. O problema é que ela *ainda* não foi treinada para ficar dentro de casa! Mas isso é o de menos.

Ela voltou a olhar para as meninas, que estavam totalmente extasiadas com a nova aquisição da família, particularmente Sophie. Amy-Beth estava satisfeita também, pois sentia que era exatamente o tipo de coisa que Sophie precisava para tirar o pensamento da *experiência* no estúdio. A cachorrinha se aconchegou feliz nos braços de Sophie, com as patas esticadas direto para o ar, enquanto Lucy coçava a barriguinha. Ela quase ronronava com toda aquela alegria, as longas orelhas caídas para o mesmo lado.

– Oh, ela é um docinho, tia Patsy, obrigada, obrigada mesmo! – agradeceu Sophie efusiva enquanto abraçava a cachorrinha com tanta força que a tia Patsy temia que a comida que havia dado ao filhote algumas horas antes logo seria atirada no chão da irmã!

– Docinho! Que nome brilhante – disse a tia Patsy. – Isso mesmo, Sophie, você acabou de batizar o seu novo filhote, Docinho. Eu mesma não poderia pensar em nada melhor.

– Docinho? – pensaram Lucy e Amy-Beth ao mesmo tempo. Imaginem levá-la para uma caminhada quando estivesse totalmente crescida! Acima de tudo, ela era uma retriever dourada, uma raça de cães de caça que leva a caça para o caçador e se tornam razoavelmente grandes, e teriam que chamá-la de Docinho! Amy-Beth olhou para Lucy de um jeito que significava *sem comentários*, pois ambas sabiam que o nome do filhote havia encantado Sophie, e nenhuma delas queria perturbá-la.

A sra. Johnson suspirou resignada. Não havia o que fazer a respeito no momento. O melhor mesmo seria aproveitar ao máximo e deixar a família para Patsy naquela noite.

Ela pegou o casaco no cabide. O sr. Johnson já havia colocado a sacola, com as coisas de passar a noite fora, no porta-malas do carro. Depois, beijou cada uma delas com firmeza nas bochechas, anunciou as instruções de última hora e saiu.

– Bem, meninas, o que vamos fazer hoje à noite, então? – perguntou a tia Patsy quando levava todas para a sala de estar.

– Amy-Beth e eu estávamos jogando *Palavras Cruzadas,* mas se quiser participar, podemos descartar essa partida e começar outra vez. Estávamos jogando na mesa de trabalho do papai, no estúdio. Lá é mais fácil do que ficar tentando jogar no chão – disse Lucy.

– Ora, não, não, não descartem a partida só por minha causa. Vou ficar aqui, com Sophie e Docinho por enquanto, mas você e Amy-Beth devem continuar e terminar a partida. Sei onde encontrar vocês, se precisar – tia Patsy tomou um golinho de café e atirou um chocolate na boca. – Ei, sirvam-se de alguns chocolates – ela disse, indicando a porção que trouxe com ela e colocou sobre o armário. As meninas pegaram alguns chocolates, acariciaram Docinho, saíram da sala e foram continuar a partida.

– Não está muito quente aqui, não é? – queixou-se Lucy quando arrepiou até os ossos.

– É só porque a lareira está vazia, e isso dá a impressão de que ali deveria existir um fogo aceso – respondeu Amy-Beth, olhando atentamente para as letras na frente dela.

– Vamos! – provocou Lucy. – Se você se apressar e jogar logo, vou parar de pensar no frio... – Distraída, ela brincou com a caixinha de música, levantando-a e colocando-a de volta no lugar, desarrumando as beiradas do saiote da boneca. – A caixa de música. Você trouxe isso com você, Amy-Beth?

– Hum, não! Por que a traria comigo? – respondeu Amy-Beth.

– Sophie deve ter deixado aqui.

– Mas Sophie não vem aqui há séculos, como você sabe, desde que... – Lucy engasgou, deixando a frase incompleta. – É, bem, pouco importa, eu acho. Quer se apressar, por favor?

Amy-Beth colocou três letras no tabuleiro na frente dela.

– *Zoo*? É isso, na sua vez você vai formar *zoo*? – perguntou Lucy.

Amy-Beth sorriu. – Sim, mas veja só quantos pontos eu fiz – ela respondeu.

Lucy respirou fundo, depois pegou as peças para conferir a contagem de pontos. Amy-Beth estava certa. Lucy suspirou, antes de olhar as próprias letras para ver como podia se recuperar. Estava ganhando, de qualquer modo, mas queria ganhar pela maior margem possível.

Amy-Beth pegou a caixa de música e também começou a examinar a pequena bailarina. – Não entendo que ela esteja tão ligada a essa coisa – resmungou, assoprando a caixinha enquanto falava. – Suponho que ela foi bem bonita algum dia, mas deve ter sido há muito tempo atrás! – Ela colocou a bonequinha de volta sobre a mesa de trabalho de couro e esperou pacientemente Lucy jogar. A pequena bailarina rodopiou conforme a música e, ao fazer isso, as meninas notaram um torvelinho de névoa girando no espelho. Lucy derrubou as letras que segurava na mão e virou--se de olhos arregalados.

Uma garota olhava para elas de dentro do espelho. Amy-Beth ficou sem respiração e tratou de segurar na mão de Lucy. Conforme arregalaram os olhos, as meninas se deram conta de outras pessoas no espelho. Podiam ver uma mulher na cozinha com duas crianças ao lado dela. Ali parecia haver pânico no ar, pois a mulher rapidamente juntava um monte de coisas. Ela recolheu um farolete, alguns cobertores e pegou alguma comida na geladeira. – Vamos, Carly – e pegou a filha pela mão. – Temos que nos apressar.

O menino também segurou na mão da mãe e os três deixaram a casa. Amy-Beth e Lucy quase precisaram cobrir as orelhas, pois o som da sirene de ataque aéreo proveniente do espelho se tornava ensurdecedor conforme ia e vinha. O pequeno grupo agora tinha alcançado a parte de trás do jardim, rapidamente seguindo o caminho em direção ao abrigo antiaéreo, quando a garota parou de repente.

– Trish! Mãe, esqueci a Trish, e vou ter que voltar por causa dela. – A mulher parou, afastando os cabelos dos olhos, impaciente. – Carly, *não podemos* voltar para casa agora, e especialmente não por causa de uma boneca! Depressa, vamos já.

Ela retomou a mão da menina, e a puxou rumo ao abrigo. A menina tropeçava nos calcanhares, de tanta pressa. – Não posso mãe, eu não posso deixá-la sozinha, ela vai ficar apavorada, por favor, não podemos voltar? – O irmão caçoou: – *Apavorada?* É uma boneca, tonta, não sente nada! Agora, depressa, faça o que a mãe está dizendo e entre no abrigo.

Carly começou a gritar. As palavras duras do irmão, embora verdadeiras, a inundaram de lágrimas. Ela tentou se controlar, e passou as costas da mão nas bochechas molhadas. O coração da mulher derreteu. Ela jamais aguentaria ver um dos filhos chorar. – Está bem! – ela ajoelhou-se ao lado da garota. – Ok, Carly! Seque os olhos, você e seu irmão vão para o abrigo e eu vou encontrar vocês assim que pegar a Trish. Vão em frente, depressa, vocês dois. – E deu um leve empurrão nas crianças. – Não fique tão preocupado, Tim, estarei de volta antes mesmo de você fechar a porta, vão.

O barulho da sirene de ataque aéreo era ensurdecedor quando a mãe voltava para casa. Amy-Beth sentiu que estava ficando sem respiração, e desejou que a mulher se apressasse e voltasse para a relativa segurança do abrigo. As meninas assistiram-na entrar na casa e, depois do que pareceu uma eternidade, desceu as escadas de volta, trazendo a boneca apertada na mão.

Ela estava na metade do caminho pelo jardim quando a bomba caiu. Não diretamente sobre a casa, ela caiu mesmo um pouco adiante, mas suficientemente perto para danificar até o teto, expulsando algumas janelas e arrancando a porta das dobradiças.

A mulher caiu, batendo a cabeça no muro do jardim. O grito dela quase não foi ouvido, havia barulho demais por toda parte. A porta que tinha sido arrancada das dobradiças caiu direto em cima dela, com a vidraça espatifando ao entrar em contato com a cabeça. Ciente de que algo estava errado, mas sem saber o que, as crianças correram do abrigo, seguidas por alguns adultos que tentavam segurá-las e prendê-las até que os aviões tivessem sumido.

Carly foi a primeira a ver a mãe, ensanguentada, os olhos arregalados, o corpo contorcido sob o local onde ela havia caído. – Mãe! – a menina gritou, seguida pelo irmão. Ambos correram em direção ao vulto, gritando e chorando, e atiraram-se ao chão, tentando freneticamente limpar os escombros de cima dela. A sra. Winters, que havia seguido as crianças lá fora, tentou acalmar a ambos. Só pôde dizer a eles, meramente pelo que viu, que a mãe estava morta, e que retirar os escombros não adiantaria nada naquela hora. Ela carregou Carly nos braços, outro vizinho segurou Tim, e falando palavras que pediam calma, levaram ambos de volta para o abrigo.

– Não podemos deixá-la ali – soluçava Tim –, não podemos deixá-la por conta própria, ela vai ficar apavorada.

Lucy e Amy-Beth assistiram aos vultos sumirem, e olharam novamente para a mulher morta. Ela ainda apertava na mão a bonequinha.

Quando o retrato começou a enfraquecer, a primeira garota que elas tinham visto reapareceu no espelho. Sorriu para as irmãs, que perceberam que agora ela estava com a bonequinha nos joelhos, afagando os cabelos. Lentamente, o rosto desapareceu do espelho, quase exatamente na mesma hora que a pequena bailarina parou de girar ao som da melodia tocada pela caixa de música.

Amy-Beth soltou a respiração até o fim. – Você está bem? – indagou virando-se para Lucy.

– Acho que sim! – respondeu a irmã mais jovem. – Eu simplesmente não acredito no que vimos. Quero dizer que se você não estivesse comigo eu talvez duvidasse da minha própria sanidade. Pobre Sophie, é só o que eu posso dizer, não é de admirar que ela tenha corrido da sala gritando quando teve a visão. Amy-Beth acenou com a cabeça confirmando que concordava.

– Afinal, não entendo o que está acontecendo por aqui. – Ela se levantou e caminhou em direção ao espelho.

Com o rosto quase colado nele, tentou ver se não existiria a possibilidade de alguém ter feito alguma armação para, de algum jeito, mostrar as cenas que tinham acabado de assistir. Ela também o afastou levemente da parede, tentando ver atrás, mas nada viu além do papel de parede mais desbotado que cobria.

– Não há mesmo nada estranho aqui – disse para Lucy. Ela virou-se para olhar a irmã e viu que a garota mais jovem estava ainda mais mortalmente pálida. – Tudo bem com você? – perguntou.

– Na verdade, não – respondeu Lucy. – Senti muito enjoo. Choque, acredito. Posso lhe garantir que Palavras Cruzadas é a última coisa que eu quero fazer de novo... Acho que vou sair e preparar alguma coisa quente para tomar. Venha comigo, Amy-Beth, por favor, não fique aqui sozinha.

– Não há o que temer – respondeu Amy-Beth. – Estou com você. – Vamos contar alguma coisa para a tia Patsy?

– Não sei, Amy-Beth. Quer dizer, é difícil acreditar nisso, não é mesmo? E, além do mais, se contarmos para Sophie que tivemos a nossa experiência do "espelho" vamos apavorar a vida dela novamente, logo quando ela parece ter esquecido que isso aconteceu.

– Sim, acho que você tem razão – respondeu Amy-Beth. – Não vamos dizer nada por enquanto, mas amanhã vou voltar ao estúdio para ver se nada mais acontece. Gostaria de saber se existe alguma coisa que liga as imagens das visões, uma palavra especial ou algo assim. Pense, Lucy, o que fizemos que a Sophie também pode ter feito quando teve a experiência dela?

Lucy espiou a caixinha de música, agora quieta e em silêncio. Ela apontou a bailarina: – Tocar a caixa de música, será que é isso? – Amy-Beth também olhou.

– É claro, acho que você tem razão, tem que ser isso! Lembre-se que no dia que a mamãe e o papai compraram a caixa para a Sophie, o velho sr. Lawson disse que veio da mesma casa que o espelho. Você não acha que, de algum modo, o espelho reteve todas as horríveis memórias de tudo aquilo que presenciou um dia, e elas estão sendo recontadas para nós toda vez que a música toca?

Lucy olhou em dúvida.

– Parece muito forçado, devo admitir Amy-Beth, quero dizer, quem no mundo acreditaria em nós? E quem é essa garota, algum tipo de "dona do espelho" ou algo parecido? Não faz o menor sentido.

Involuntariamente, ela se arrepiou: – Eu preciso mesmo dar o fora daqui. Vamos voltar à normalidade e comer alguns chocolates da tia Patsy.

Capítulo 5

Docinho Desaparece

Na manhã seguinte Amy-Beth acordou ao som de latidos. Latidos fracos, curtos, quase grunhidos, vindos do quarto de Sophie. Ela levantou, pegou o penhoar e foi pelo corredor até o quarto da irmã.

– Oi, você já está de pé! – ela disse, surpresa de ver Sophie acordada e vestida, correndo atrás de Docinho em volta do quarto com um brinquedo meio peludo.

– Estou de pé há horas – sorriu Sophie. – Logo cedo, Docinho saltou no meu travesseiro e me lambeu até me acordar. Ela é tão linda, gosto muito dela. Estou muito contente porque a tia Patsy veio para ficar e a trouxe com ela.

Amy-Beth sorriu. Estava contente porque o filhote ocupava tanto tempo da irmã. Só esperava não ter que levantar durante a noite para alimentar a cachorrinha. Ela caminhou em direção à janela e sentou-se na cadeira de vime, dobrando as pernas junto do corpo. Quando sentou, percebeu uma bonequinha colocada no alto da cama de Sophie, uma boneca que era bem mais do que apenas um pouco familiar. Da última vez que a tinha visto, lembrou, ela estava sendo apertada pela mão de uma mulher morta. Um calafrio percorreu-lhe a espinha. O que estava acontecendo? Interiormente agitada, mas tentando manter a calma, perguntou a Sophie onde havia encontrado a boneca.

– Ela estava no meu quarto de manhã, nessa cadeira onde você está sentada. Eu achei que você ou a Lucy a deixaram para mim. Não foi você? – Sophie retraiu-se.

Amy-Beth sabia que a boneca era definitivamente a mesma do espelho, ela só não queria acreditar nisso. A boneca que pertencia à garota cuja mãe tinha morrido estava agora no quarto da irmã caçula! Quem a colocou ali? Aquela coisa toda era impossível. Ela procurou ficar calma, e se recompor da melhor maneira.

– Não, eu não a coloquei ali, mas pode ter sido a Lucy, talvez. Mas, de qualquer modo, não importa, não é? Ela é muito bonita, como você vai chamá-la?

Sophie não se importou. Ela nem parecia muito interessada na boneca, pois, em vez disso, tomava conta da Docinho, que queria comer o conteúdo da casa da boneca.

– Engraçado como tentam comer de tudo, não é mesmo?

Amy-Beth concordou e se levantou para sair. Pegou a boneca, sem Sophie notar, e saiu do quarto para ver Lucy. – Café da manhã logo mais, Sophie, desça quando estiver pronta.

Quase correndo pelo corredor, Amy-Beth irrompeu no quarto de Lucy. Ela dormia tranquila, mas não por muito tempo.

– Lucy, Lucy, vamos, acorde. Você não vai acreditar no que vou lhe mostrar.

Lucy se esforçou para ficar em posição sentada quando Amy-Beth puxou as cortinas, permitindo a entrada de um pouco de luz do sol no quarto.

– O que houve? Que horas são, Amy-Beth? A casa está pegando fogo? Por que o pânico?

Amy-Beth enfiou a boneca na cara da irmã. – Veja! – ela disse, quase triunfante. – O que me diz disto?

– É uma boneca – resmungou Lucy, enrolando a roupa de cama em volta dos ombros para se proteger do ar gelado da manhã. Em seguida, sentando de repente, acrescentou: – Mas não é apenas uma boneca qualquer – disse. Enquanto trocava a roupa de dormir, reconheceu o vestidinho familiar, a cor do cabelo e o pequenino rosto brilhante da boneca no espelho. – Mas que coisa! Onde você conseguiu isso? – perguntou a Amy-Beth, começando a entrar em pânico.

– No quarto da Sophie – respondeu a irmã.

– Como assim, *no quarto da Sophie*? E quem a colocou ali? Tem certeza de que é a mesma? Não pode ser, isto é, as coisas nos espelhos não adquirem vida, quer dizer, não pulam fora dos espelhos e saem por aí...

– Lucy, *reflexos* é o que supostamente você deveria ver em espelhos, não histórias de horror. Olha, estou tentando ser racional a respeito disso também, mas fica bem mais difícil quando a gente não consegue entender nada. Acho que agora devemos contar para a tia Patsy. Será que ela acreditaria em nós?

– Ora, não sei! Tenho medo até de tocar na boneca... O que vamos fazer com ela? Acho que não devemos deixá-la no quarto de Sophie, e sinceramente não gosto de tê-la aqui comigo.

Amy-Beth suspirou. – Vamos supor que ela fique no meu quarto por enquanto, então. Se a Sophie perguntar, embora não acredite nisso, já que ela está totalmente encantada com a Docinho, vamos dizer que achamos melhor fazer um vestido novo para ela, pois este está um pouco surrado.

Lucy olhou incrédula. – Um vestido novo! Quando você ou eu fomos boas em costura, ou estivemos interessadas em fazer roupas novas para bonecas? Acho que você deve tentar algo melhor que isso, ela nunca vai cair nessa.

Amy-Beth foi obrigada a sorrir. – Sim, acho que você tem razão, é um pouco forçado. Mas, só Deus sabe, pelo que vem acontecendo recentemente não é de admirar que eu esteja perdendo o contato com a realidade. Tudo bem, vou colocar a boneca no meu quarto e vamos descer para o café. Vamos esperar que a Sophie pergunte, antes de darmos qualquer explicação sobre o paradeiro da boneca. Quem sabe ela até esquece! E da próxima vez que ela sair para passear com a Docinho, vamos trocar discretamente uma palavra com a tia Patsy a respeito dessas coisas estranhas que estão ocorrendo.

Foi o que fizeram. Sophie mal terminou de comer panquecas em calda (um dos pratos prediletos da tia Patsy), e sumiu, com a Docinho correndo atrás, de rabo abanando, prevendo a diversão que sabia que ambas teriam lá fora.

– Tia Patsy – começou Amy-Beth –, como anda a sua imaginação nesses dias?

A tia Patsy enxugou a calda no canto da boca e olhou para as sobrinhas, curiosa. – Imaginação? Que coisa engraçada de perguntar. Pois bem, vocês jovens acham que basta alguém passar dos 14 anos de idade que perde a imaginação. Bem, deixem contar a vocês, a minha agora está melhor do que nunca! Então, vão em frente, não se acanhem, por favor.

Inclinando ambos os cotovelos sobre a mesa do café, olhando de uma garota para a outra, esperou uma delas falar.

Dez minutos depois, e com partes da história sendo contadas por ambas ao mesmo tempo, de modo que quase nada podia ser entendido, os cotovelos da tia Patsy permaneciam sobre a mesa. – Bem, garotas, certamente é uma história de alguém com a imaginação fértil – ela disse afinal. – Acho até que vocês não teriam motivos para inventá-la...

– Está dizendo que acredita em nós? – perguntou Lucy. – Nem nós temos certeza se acreditamos nisso, e realmente não queremos assustar Sophie mais do que ela já está assustada. Só não sabemos o que fazer.

Exatamente nesse momento, Sophie escancarou a porta da cozinha, e quase caiu lá dentro. – Docinho, eu perdi a Docinho, deixei-a sem a correia por um minuto para corrermos à vontade e depois percebi que ela havia sumido. Acho que ela saiu correndo atrás de alguma coisa, um coelho ou algo assim. Eu chamei e chamei mas ela não voltou e... Oh, tia Patsy, por favor me ajude, preciso encontrá-la. – A jovem garota desatou a soluçar nos braços da tia Patsy.

– Agora, então, acalme-se, meu amor, que nós vamos encontrá-la. Espere apenas um instante enquanto pego a minha jaqueta, e eu vou com você. E se não a encontrarmos de manhã, ela estará de volta no almoço quando sentir fome, você verá, ela não ficará longe por muito tempo. – A tia Patsy foi até o armário e pegou a grossa jaqueta do cabide.

– É melhor vocês duas ficarem. Está fazendo frio lá fora, e, além disso, a mãe de vocês deve telefonar.

Empurrando Sophie na frente, a tia Patsy virou para Amy-Beth e disse: – Não mencionem nada disso para a sua mãe se ela telefonar. Teremos tempo suficiente para explicar tudo quando ela voltar.

Lucy e Amy-Beth começaram a lavar a louça do café.

– Amy-Beth – começou Lucy –, onde será que você colocou a caixa de música ontem à noite quando saímos do estúdio?

– Para falar a verdade, não sei se a peguei, e se peguei, com certeza não sei onde a guardei. Antes, vamos terminar a limpeza dessa bagunça, e depois damos uma olhada. Talvez seja o tempo delas voltarem com a Docinho.

Do outro lado da janela, as meninas podiam ouvir vozes alternadas chamando a cadelinha. Primeiro, a tia Patsy gritava alto e agudo, depois era a vez da pequena Sophie, que parecia sufocada pelas lágrimas. A sra. Johnson telefonou no final da manhã, para dizer que o passeio estava tão bom que eles decidiram continuar pelo resto do fim de semana, se a tia Patsy pudesse ficar com as crianças. Amy-Beth explicou sobre a cadelinha desaparecida, e que a tia Patsy tinha saído para procurá-la, mas que realmente ninguém achava que seria um problema se eles se demorassem mais um pouco. A mãe desligou o telefone, dizendo que ligaria para falar com a tia Patsy mais tarde no mesmo dia.

Na hora do almoço, a cachorrinha ainda não tinha sido encontrada. A tia Patsy obrigou Sophie a voltar para casa, depois que ambas procuraram várias vezes em grandes áreas, e fez a garota tomar um pouco de caldo quente.

– Ela vai voltar, Sophie, eu sei que vai, basta você esperar para ver. – Sophie, porém, precisava ser consolada, pois estava bem difícil parar de chorar por conta própria.

Amy-Beth e Lucy tentaram confortá-la da melhor maneira possível.

– A tia Patsy tem razão – disse Amy-Beth. – Ela vai voltar. Os cachorros não gostam de ficar fora no frio, ela estará de volta antes da hora do jantar, você verá.

Lucy abraçou a irmã caçula nos ombros. – Vamos brincar de outra coisa até a Docinho voltar. O que você acha de pegar a caixa de música? Você sempre gostou de ver a bailarina rodopiar.

Sophie tentou enxugar os olhos no lenço já encharcado.

– Ok – respondeu relutante –, mas também não sei onde está. Você vai ter que me ajudar a encontrar.

A tia Patsy sorriu agradecida para Lucy. – Vão até lá então, meninas, vão e procurem a bailarina. Vou ficar olhando pela janela da cozinha se a Docinho reaparece para almoçar. E lembrem, vou ficar com vocês o resto do fim de semana, então comecem a pensar no que vamos fazer... Talvez eu possa enrolar o seu cabelo, Sophie, o que acha?

Capítulo 6

A Dona do Espelho

– Acho que a caixa de música está no estúdio – disse Amy-Beth. E, conforme dizia essas palavras, de repente descobriu onde elas encontrariam a Docinho.

– Lucy, por que não leva Sophie no quarto de cima agora, enquanto vou buscar a bailarina?

– Mas... – Lucy ameaçou protestar, então, vendo o olhar de advertência no rosto de Amy-Beth, decidiu não falar nada e levar a garota para cima.

Amy-Beth empurrou devagar a porta do estúdio para abrir, com receio do que poderia ver. Nada! A sala estava em silêncio, o espelho calmo, e a caixa de música estava sobre a mesa onde havia sido deixada. Ela pegou a caixinha e olhou-a com cuidado.

"Eu acho que..." – pensou, e então decidiu seguir seus instintos. Deu corda na caixa de música. Conforme a melodia começou a tocar, ela recolocou a caixa sobre a mesa e voltou a olhar no espelho.

Mais uma vez, a névoa apareceu para embaçar o lado externo do espelho, e ao clarear, revelou a garota que havia aparecido antes. Nos joelhos da garota,

Amy-Beth viu aquilo que sabia que veria: a garotinha estava com Docinho!

– Mas você não pode ficar com ela – Amy-Beth começou, sem ter certeza se a garota podia ouvi-la ou não, mas incapaz de controlar a si própria. – É a mascote da minha irmã caçula, que está inconsolável porque ela se perdeu. Você precisa devolvê-la.

A garota do espelho lentamente levantou o olhar até encontrar-se com o de Amy-Beth.

– E porque eu deveria devolvê-la? Ela pegou a minha boneca!

Amy-Beth deu um passo atrás, assombrada. Então a garota também podia vê-la, e se comunicar!

– Ela não roubou a sua boneca – disse Amy-Beth indignada. – Alguém a colocou no quarto dela. De qualquer modo, ela não poderia roubar algo que vive em um espelho. Isso não faz o menor sentido.

– E exatamente o que faz sentido para você, Amy-Beth? Você está falando com um espelho, não é mesmo?

– Como sabe o meu nome? Quem é você? O que está acontecendo? Por que está fazendo isso com a minha família?

A garota sorriu novamente.

– Oh! Querida, estamos confusas, não estamos? Se tiver tempo para escutar, vou responder da melhor maneira possível. Eu sei o seu nome porque você já esteve aqui várias vezes antes e suas irmãs a chamaram pelo nome, como você sabe.

– Para responder à segunda pergunta, meu nome é Sara e você já adivinhou quem eu realmente sou, a Dona do Espelho, ou a Dona das Almas Perdidas.

– Não estou fazendo nada para a sua família. Vocês meninas começaram com tudo isso quando tocaram a caixa de música. Tem acontecido sempre isso através dos séculos: se alguém toca a melodia, o espelho começa a funcionar, mostrando todas as mortes horríveis que presenciou no decorrer dos anos. Quantas você viu até agora, duas? Isso significa que você ainda tem outras duas mil para ver. Oh! Querida, você vai ficar amedrontada no final disso tudo, não é mesmo?

Amy-Beth estava lutando para manter a compostura, mas sabia que se quisesse ter o filhote de volta e retornar para a família com alguma aparência de normalidade, deveria obter o máximo de informações possíveis da garota.

– Você disse Almas Perdidas, o que quer dizer com isso? – resolveu perguntar.

A garota procurou acariciar a cabeça do cachorro. – Ora, você sabe, as almas que nunca encontraram descanso completo por causa do jeito como morreram, pessoas que tiveram mortes violentas e desnecessárias, e cujas famílias às vezes carregam uma enorme culpa, esse tipo de coisa. Eu mesma fui trazida para essa casa por volta de 1800. A minha mãe era a governanta da casa, embora fosse tratada, como eu também, mais como uma pessoa da família.

– Éramos felizes aqui, você sabe, nós duas. O meu pai havia morrido de tuberculose um ano depois que eu nasci, então a minha mãe teve muita sorte de conseguir esse emprego, nessa bela família. De qualquer forma, ia tudo realmente bem até que ela se envolveu com o novo jardineiro.

– Eu nunca tinha gostado do homem, mas suponho que mamãe sentia-se um pouco solitária, então ela começou a passear com ele, e às vezes eles passavam o dia fora. Ele sabia que eu não gostava dele. O sentimento era realmente mútuo. Às vezes, ele contava mentiras para a mamãe sobre o meu comportamento, para ela ficar zangada.

– Isso terminou um dia, quando eu fui à cozinha e o encontrei sacudindo a minha mãe violentamente, gritando para ela que ela fizesse a "escolha". É claro que eu não tinha ideia do assunto da discussão, apenas sabia que eu devia fazer aquele homem diabólico parar de agredir a minha mãe.

– Gritei para que a deixasse em paz, mas ele me ignorou. Então, corri até ele e o soquei nas costas com os meus punhos. Ele era um homem enorme, e os meus socos não fizeram efeito. Ele continuou a sacudir a minha mãe, cada vez mais bravo.

– E, assim, fui até a mesa da cozinha, e peguei a maior faca que podia encontrar. Corri até ele, gritando o tempo todo para que deixasse a minha mãe em paz, mas quando o ataquei, ele saltou fora do caminho tão rapidamente que a faca não penetrou nele, mas na minha mãe.

– Você matou sua mãe, você matou Hannah – ele berrou para mim, e ainda posso ouvir essa voz até hoje, e recuei horrorizada, ainda segurando a faca ensanguentada. Mamãe estava deitada no chão de pedra da cozinha, com o sangue se esvaindo pela ferida.

– Ela está morta – ele continuou com a gritaria. – Você matou a sua própria mãe!

– Então eu peguei a faca novamente, e a enterrei profundamente no meu coração, o mais que pude.

Amy-Beth respirou fundo e deu um passo em direção à garota. – Mas, Sara, foi um acidente, você não queria de fato matá-la... Então foi assim que você morreu? Você se matou?

– Sim – respondeu Sara – e a melodia tocada na caixa de música era uma das favoritas da mamãe e estava tocando na cozinha naquele dia. O espelho que você vê na sua frente, que data de muito antes da minha época, pelas cenas que eu assisti, estava pendurado no grande saguão exatamente do outro lado da cozinha.

– Por alguma razão, o espelho sugou a minha alma torturada para ele, e fiquei presa aqui dentro, obrigada a testemunhar as mesmas cenas pavorosas de novo, infinitamente, toda vez que alguém toca a melodia. É provável que jamais haja descanso para mim, nunca, e de qualquer modo, eu não mereço isso.

Sara olhou tão triste que Amy-Beth quase sentiu pena dela. – Deve existir algo que eu possa fazer para ajudar você – ela disse com delicadeza. – Você não pode passar o resto da eternidade assim, revivendo esse horror cada dia de sua existência. Deve existir algo, Sara, só não sei o que é.

Quando Amy-Beth terminou de falar, o rosto de Sara começou a sumir, a névoa retornou uma vez mais antes de finalmente desaparecer e deixar o espelho normal.

– Eu voltarei, Sara, não perca a esperança! – Amy-Beth disse, desejando que a garota ainda estivesse ouvindo.

E estava. Ela jurou para si própria, embora sem saber o que poderia ser feito para ajudar, que não desistiria até pensar em alguma coisa.

Capítulo 7

O Jardineiro

As três irmãs passaram a tarde no andar de cima distraindo-se umas com as outras. Lucy levou um dos livros favoritos delas, de quando eram realmente pequenas, que foi lido pelas irmãs, cada uma assumindo um personagem diferente. A tia Patsy, conforme prometeu, enrolou o cabelo de Sophie. Amy-Beth e Lucy pintaram todas as unhas de Sophie de cores diferentes, tudo na tentativa de manter a mente dela longe da cadelinha desaparecida. Quase na hora do chá alguém bateu à porta, e a tia Patsy atendeu. Sophie ficou esperançosa, querendo notícias de Docinho. Um moço, alto e imponente, parou na entrada.

A tia Patsy sorriu: – Sim, posso ajudar?

– É a sra. Johnson? – o homem perguntou.

– Não, sou a irmã da sra. Johnson. O que posso fazer por você?

– Ah, entendo. Bem você não me conhece, mas o sr. Johnson me pediu para dar uma olhada geral durante este fim de semana. É que sou o novo jardineiro.

– Ora, entre, entre – disse a tia Patsy. – Não, Harry não comentou nada comigo. Mas, como ele *deveria* estar por aqui pessoalmente neste fim de semana, talvez seja por isso. Não importa, de qualquer modo, nós estamos aqui, e você pode olhar o que quiser, sem problema. Agora, não gostaria de tomar um chá? Estou certa que uma das meninas...

A tia Patsy olhou para onde Amy-Beth havia acabado de sentar-se na mesa da cozinha. A garota estava de olhos tão arregalados como dois pires. Com certeza, os *olhos esbugalhados* eram para o recém-chegado, e ela ficou com as bochechas absolutamente sem cor.

– Mas que diabos! O que há de errado com você, Amy-Beth? – perguntou a tia. – Você ficou pálida feito um cadáver, parece que acabou de ver um fantasma ou algo parecido!

Amy-Beth tratou de manter os olhos afastados do homem. – O que foi que você disse, tia Patsy? Sinto muito, eu estava longe, pensando em outra coisa justamente agora.

– Estou oferecendo ao nosso visitante alguma coisa quente para beber, só isso. Está fazendo frio hoje, e achei que uma de vocês, meninas, poderia fazer o favor de colocar a chaleira no fogo.

Lucy, percebendo algo de errado com a irmã, atendeu a tia Patsy: pegou e encheu a chaleira para ela. Precisava tirar Amy-Beth dali para descobrir o que estava errado.

Amy-Beth, entretanto, tentava se recompor. "Um novo *jardineiro*" – dizia para si própria. O pai jamais havia mencionado a contratação de um jardineiro, isto é, ela sabia que os jardins estavam malcuidados e tudo o mais, porém não sabia que ele tinha pensado em contratar alguém.

Agradeceu quando Lucy perguntou se não poderia ajudar em uma passagem de difícil compreensão do novo livro. Sabia que Lucy jamais precisava de ajuda com nada relacionado à interpretações de textos, mas a desculpa permitiu que escapassem da cozinha.

As duas foram para o estúdio, pois sabiam que era um lugar onde Sophie não as seguiria.

– Ok! O que houve? – começou Lucy. – Você ficou pálida lá. Quase morri de susto quando olhei você.

Amy-Beth cobriu o rosto com as mãos. – Ora, eu não sei mais nada Lucy, não sei mesmo. Não sei se estou perdendo o juízo, ou o controle da minha imaginação, ou se estou perdendo totalmente a minha sanidade. Não sei mais nada...

– Então conte para mim. Talvez eu possa ajudar – respondeu a irmã.

A irmã mais velha recontou tudo o que aconteceu, disse para a Lucy que foi por culpa do jardineiro que a jovem Sara matou a própria mãe, e depois se matou, e que Sara ficou com o filhote de Sophie o tempo todo.

– Não é de se admirar que você tenha mudado de cor quando o jardineiro entrou na cozinha, eu quero dizer, eu não acho isso estranho mesmo, mas é óbvio que você está preocupada pelo que Sara contou. Vou dizer uma coisa, porém, Amy-Beth, se não tivesse presenciado aquela visão com você, eu seria incrivelmente cética a respeito de tudo isso.

– Sim, eu sei, às vezes eu não consigo acreditar no que estou dizendo. É só que não parece real. Mas o fato é que isso está acontecendo. A Sara pegou o filhote e temos um jardineiro estranho em nossa cozinha. O que vamos fazer? Prometi ajudar a Sara do jeito que puder, e preciso que você me ajude a descobrir o que vamos fazer em seguida. Vamos voltar para a cozinha e ver o que está acontecendo. Agora que conversei com você, me sinto mais calma.

As meninas então retornaram para a cozinha, mas a encontraram vazia. Pegaram as jaquetas e saíram para procurar a tia Patsy. Elas a encontraram, com Sophie e o novo jardineiro, olhando uma determinada área do jardim totalmente coberta de mato.

– Já faz muito tempo que ninguém mexe aqui – disse o homem. – Tudo está muito crescido. Vou ter um bocado de trabalho, isto é, se o sr. Johnson resolver me contratar.

A tia Patsy sorriu e empurrou o cabelo para trás da orelha. – Ora, estou certa de que você vai conseguir o serviço, Jim. Vou dizer uma coisa, já que está aqui, porque não começa por essa área? Com certeza o Harry vai ficar impressionado quando voltar. Está um horror.

"Jim" – Amy-Beth estranhou. "Então eles já estão se tratando pelo primeiro nome..." – ela pensou. E ainda por cima, perguntar se ele queria começar "já que está aqui"! A tia Patsy não sabia o que estava fazendo, aquele homem podia ser perigoso, mas como Amy-Beth poderia contar a ela a continuação da aparentemente ridícula história do espelho se ela sequer tinha ficado exatamente impressionada com a primeira parte que as meninas haviam contado. A garota decidiu ficar quieta, de boca fechada, por enquanto, pois afinal os pais estariam em casa no dia seguinte, e ela e Lucy simplesmente teriam de contar tudo a eles, parecendo ridículo ou não!

– Ótima ideia, Patsy, você me mostra onde estão as ferramentas de jardinagem, que eu vou começar a limpar esta parte do terreno. Melhor aproveitar enquanto o tempo está seco.

A tia Patsy, Sophie e Jim caminharam em direção a uma antiga construção de pedra que o sr. Johnson usava para guardar as ferramentas de jardinagem e outros equipamentos.

– Bem – disse Lucy –, o que fazer nesse caso?

Amy-Beth não se importou. – Acho que não há o que fazer até a mamãe e o papai voltarem amanhã à noite. Não existe nada suspeito aqui. Provavelmente reagimos de forma exagerada a toda a situação. Venha, vamos fazer uma caminhada, sinto que passei tempo demais presa em casa.

Elas gritaram para a tia Patsy avisando aonde iam. Ela respondeu acenando com a mão enluvada antes de entrar na construção de pedra para pegar as ferramentas.

Amy-Beth e Lucy caminharam mais do que pretendiam, tão ocupadas estavam com os próprios pensamentos. Sem notar, chegaram aos limites da vila mais próxima e, antes de voltarem, foram até uma lojinha para comprar salgadinhos, revistas e balas de leite. – As balas de leite vão nos sustentar no caminho de casa – elas riram juntas e começaram a voltar.

Quando elas viraram a esquina para começar o longo trecho da estrada, viram que Jim ainda trabalhava no jardim. Ele estava de mangas arregaçadas, sem a jaqueta, e fazia os trabalhos mais simples, como recolher os galhos mortos, limpar as folhas, e colocar o entulho em sacos grandes que a tia Patsy devia ter dado a ele.

– Olá, meninas – ele sorriu ao avistar as irmãs. Elas retribuíram o sorriso, sentindo-se ridículas por terem pensado tão mau dele mais cedo naquele dia.

– Olá – respondeu Lucy, andando na direção de onde ele trabalhava. – Você está fazendo um bom trabalho aí – ela disse. – Parece que essa parte do jardim está abandonada há muitos anos.

Jim parou e se apoiou na enxada, enxugando o suor da testa. – Tem razão, Lucy, se não me engano? – Ela acenou com a cabeça, confirmando. – Começo a cavar logo. Preciso revolver a terra antes de escurecer. Melhor não desperdiçar a claridade do sol, não é mesmo?

– Não gostaria de balas de leite? – perguntou Amy-Beth, tentando se redimir por ter sido tão rude antes.

– Obrigado, mas não vou querer. Uma bebida gelada seria ótimo, se não se incomodam.

– É claro que não nos incomodamos – respondeu Amy-Beth. – Volto em um minuto. Você fique aqui, Lucy.

Lucy concordou acenando com a cabeça, já que não podia falar por causa da grande quantidade de balas de leite que colocou na boca. – Traga um pouco para mim também – ela mal conseguiu dizer. Amy-Beth riu da irmã de boca cheia, fez um sinal positivo com o polegar para cima, e virou em direção à casa. Encheu um grande jarro com suco de frutas frio da geladeira, e colocou em uma bandeja com alguns copos antes de retornar. Jim estava explicando para Lucy a respeito das coisas que retirou do jardim, e também tentava fazê-la compreender a diferença entre as plantas e o mato, ou ervas-daninhas. Amy-Beth sentou-se em um pequeno banco de jardim e convidou os dois para tomarem o suco. Sedento, Jim tomou um copo, e então disse que precisava voltar ao trabalho, e que as meninas eram bem-vindas e podiam ficar e observar o que quisessem.

Amy-Beth e Lucy se acomodaram no banco, curtindo o sol da tarde, escutando o baque da enxada conforme Jim trabalhava a terra, revirando o solo.

– Bati em algo aqui. Não sei o que é, acho que foi uma pedra. Não vai dar para continuar usando a enxada – ele se queixou.

Mais uma vez ele fincou a enxada no chão, jogando todo o peso do corpo em cima, mas de nada adiantou. As garotas também ouviram o som da enxada de metal batendo na pedra, e levantaram para ver o que Jim faria ao se curvar mais perto do chão. Ele começou a raspar todo o cascalho e o solo em volta, tentando limpar a área para, quem sabe, remover a grande pedra para fora.

A área que a pedra cobria, porém, era maior do que ele havia imaginado a princípio e por fim ele teve de se agachar e ficar de joelhos para ver o que precisava ser feito.

– O que é isso? – as meninas ouviram-no dizer.

– O que está errado? – perguntou Lucy, tentando se aproximar para ver o que estava acontecendo. Amy-Beth juntou-se à irmã no gramado perto de Jim.

– O que foi? – ela também queria saber.

O novo jardineiro levantou-se. – Não sei se vocês, meninas, deviam ver isto; talvez seja melhor chamar a tia Patsy primeiro...

Amy-Beth ajoelhou-se e olhou onde Jim tinha escavado o cascalho. Ali, jazia rasa e coberta de lama e limo, a lápide de um túmulo!

Capítulo 8
A Lápide Secreta

– Uma lápide! Veja, Lucy, ele desenterrou a lápide de um túmulo. O nome... Quero ver de quem é! – Amy-Beth ficou agitada com o achado. Desde o princípio ela tinha ficado desesperada para saber a história da casa, e agora estava certa de que a descoberta inesperada que tinham feito revelaria algo que desconheciam.

– Passe esse jarro de suco para mim – ela orientou a irmã, e começou a molhar o material em cima da pedra, esfregando a lama e o limo o máximo que podia.

– Hannah Fotheringham – leu em voz alta assim que limpou o nome no topo da pedra. Depois, removendo a lama um pouco mais embaixo da pedra, conseguiu ler: Sara Fotheringham, filha amada de Hannah; em seguida vinham algumas datas que ela quase não notou.

– Hannah? Sara? A garota do espelho! – disse excitada para Lucy. – Encontramos a sepultura da garota do espelho *e* da mãe! – gritou quando Lucy, incrédula, ajoelhou-se ao lado para também examinar a pedra. Jim coçava a cabeça.

– A garota do espelho? – indagou a ambas. – Mas, afinal, do que vocês estão falando?

Com um solavanco, Amy-Beth levantou os olhos para Jim. Percebendo que não devia dizer nada que impedisse que ela e Lucy olhassem a pedra (e a tia Patsy com certeza as deteria de algum modo!), ela se levantou e tentou parecer calma e impassível.

– Ora, é apenas uma brincadeira que fazemos às vezes. Nós nos arrumamos e nos olhamos no espelho, fingindo que somos pessoas que viveram na casa séculos atrás. Hannah e Sara são apenas personagens desse jogo, só isso. Não é estranho termos descoberto uma lápide com os nomes delas?

– Sim, acho que é mesmo... – respondeu Jim, totalmente desconfiado. – Olha, vocês duas não façam mais nada. Vou chamar a sua tia Patsy antes de cobrir a pedra novamente. Depois, esperamos o pai de vocês voltar para ver o que deve ser feito. Nem sabemos se aqui era um cemitério particular ou não, não é mesmo?

Quando ele se dirigiu para a casa, Amy-Beth pegou uma forquilha de jardinagem que Jim havia trazido para usar no jardim, e começou a raspar o limo que restara na pedra, tentando freneticamente desvendar um pouco mais da inscrição feita nela.

– Hannah Fotheringham – foi o que leu novamente. – Nasceu em 1801, e morreu em 1851. Em seguida, veja mais embaixo: Sara Fotheringham, filha amada de Hannah, nasceu em 1820, e morreu em 1829...

– Sabe o que isso significa? – ela virou-se para Lucy, agitada. – Sara não matou a mãe, que só foi morrer 22 anos depois!

– Sara se matou por nada! Precisamos avisá-la disso, pois só assim a alma dela poderá descansar. Afinal de contas, ela não matou a própria mãe. Vamos.

Lucy levantou-se e sacudiu o limo da roupa. – Temos que pegar a caixa de música e ir ao estúdio. Precisamos entrar em contato com Sara para colocá-la a par do que descobrimos.

Quando as duas faziam o caminho de volta para casa, toparam com a tia Patsy, Jim e a jovem Sophie. Sophie ainda parecia magoada e chorosa pela perda do filhote.

Amy-Beth curvou-se para confortá-la.

– Vamos encontrar Docinho, não se preocupe, vamos achá-la. Sophie pareceu esperançosa por um instante.

– Mas onde vão procurá-la? Já olhamos em toda parte. – O rosto da menina entristeceu novamente.

– A tia Patsy disse que ela voltaria na hora do almoço, depois na hora do jantar, e ela não foi vista em lugar nenhum.

Amy-Beth deu-lhe um abraço tranquilizador.

– Vamos trazê-la de volta para você, querida, eu prometo.

As duas continuaram a caminho. A tia Patsy chamou-as: – Não vão conosco, meninas? Jim acabou de me contar o que vocês encontraram lá.

– Bem, sim, estaremos de volta em um segundo, tia Patsy, mas precisamos resolver algo em casa antes – respondeu Lucy.

Rapidamente as meninas seguiram até o estúdio, escancarando a porta quando chegaram.

– Onde está a bailarina, Amy-Beth? – perguntou Lucy.

– Deveria estar ali sobre a mesa onde a deixei. Ah! Lá está ela. Pegue-a para mim, Lucy, temos que dar corda rapidamente. Precisamos chegar até a Sara.

Assim que elas deram corda, a caixa de música começou a tocar, e as meninas recolocaram-na sobre a mesa de trabalho. Elas olharam no espelho, ansiosas.

– Por favor, apareça, por favor, Sara, apareça! Dessa vez precisamos realmente falar com você. Por favor!

E, conforme esperavam, as meninas viram a névoa, que antes achavam tão assustadora, aparecer de repente diante delas, girando em torvelinho no espelho, e depois sumir para revelar o rosto jovem de Sara.

– Amy-Beth! Olha! Ela está com a Docinho.

Lucy apontou o espelho.

– Sim, eu sei, eu sei disso, Lucy. Ouça, isso não importa agora. Sara, você pode nos ouvir?

Sara olhou vagamente para as irmãs. – Sim, eu posso ouvir vocês. O que vocês querem? O que é tão urgente?

– Sara – começou Amy-Beth. – Você tem que me escutar com muito cuidado. Vou tentar falar bem devagar e com a maior clareza que eu puder. Há poucos momentos nós estávamos lá fora, na parte do jardim que fica bem na frente da casa, sob o velho carvalho. Sabe onde é, Sara?

A garota acenou com a cabeça confirmando.

– Temos um novo jardineiro, que começou hoje a limpar essa área, que estava quase totalmente coberta de mato. Ele está arrancando os galhos mortos e o matagal para o meu pai. O chão parece intocado há anos. De qualquer forma, você não vai acreditar no que encontramos: a lápide de um túmulo! Sara, uma lápide com o seu próprio nome e o de sua mãe...

Sara não se importou. – E daí? Porque vocês se incomodaram de contar isso para mim? Já sei que estou morta, e sei que minha mãe está morta. Eu a matei, lembram?

– Sim, mas essa é a questão. Escute bem, Sara, você não a matou, não matou sua mãe. Não pode ter feito isso! Ela só morreu em 1851 e você morreu 22 anos antes, em 1829... Consegue perceber? Ela não morreu aquele dia na cozinha. Ela continuou viva!

– Mas isso é impossível! – a garota protestou. – Eu estava lá, cravei a faca no coração dela, fui eu quem a matou, ele disse que fiz isso. Porque estão fazendo isso comigo, Amy-Beth, porque não deixam as coisas como estão?

– Olha, Sara, talvez você apenas não tenha esperado tempo suficiente para ver se a sua mãe estava realmente morta. Eu acho, Sara, que você deve ter ferido a sua mãe, e talvez o ferimento tenha sido muito grave, mas ela sobreviveu, Sara, ela não morreu. Ouça, eu *vi* as datas na lápide do túmulo. Ela não morreu!

Sara balançou a cabeça e cobriu as orelhas com as mãos, como se tentasse apagar as palavras de Amy-Beth. – Isso não é verdade, não pode ser.

Então, Lucy também se aproximou do espelho. – Sara, eu também vi a pedra. Você tem que acreditar em nós, estamos falando a verdade. Porque razão mentiríamos?

– Ora, eu queria que você pudesse nos acompanhar lá fora para ver a pedra, Sara. Talvez fosse o único jeito de você acreditar em nós. Mas, espere um minuto. O espelho nunca reproduziu a cena onde você supostamente matou a sua mãe?

– Sim, claro que sim – respondeu Sara. – Várias vezes no decorrer dos anos a cena foi reproduzida para mim, mas só vai até o ponto em que levanto a faca de cozinha e percebo que começa a gritaria.

– Tive que cobrir os meus olhos, então não posso ver nem ouvir nada. Não percebe, Amy-Beth, eu tive que apagar isso. Tentei apagar a voz *dela*, minha mãe chorando. Jamais poderei lidar com o que aconteceu. Como você se sentiria, tendo de observar a si mesma *matando* a sua própria mãe repetidas vezes, infinitamente? É horrível, totalmente insuportável.

– Eu sei – concordou Amy-Beth acenando com a cabeça. – Mas o que estou tentando dizer é que, se você pudesse fazer o esforço, só uma vez, de observar a cena diretamente, você notaria que sua mãe não morreu. Quer dizer, você não pode trazer essa lembrança? Não podemos fazer isso, ou melhor, não podemos fazer o espelho nos mostrar esta cena em particular?

– Não sei... – Sara balançou a cabeça. – Não acho que seja uma boa ideia, eu não sei mesmo se quero fazer isso!

– Acho que Amy-Beth está certa, Sara. É melhor tentar – disse Lucy. – Sei que deve ser difícil para você, mas olhe quantos anos você passou torturada, sem nunca ter qualquer descanso, e esta pode ser a sua chance. Podemos ajudar você. Por favor, deixe-nos tentar!

– Preciso ir agora – Sara olhou triste e confusa.

– Não vá, não vá, Sara! – suplicou Amy-Beth.

– Fique, por favor, fique, precisamos conversar a respeito disso.

– Não quero mais falar sobre isso – afirmou Sara. – Preciso ir e pensar. Vejo vocês amanhã, vão e venham me ver amanhã. Então conversaremos a respeito novamente.

Assim que a voz de Sara desapareceu, então também o reflexo dela sumiu do espelho. Amy-Beth e Lucy se entreolharam entristecidas.

– Não havia muito mais que pudesse ser dito, Amy-Beth – comentou Lucy.

– Tudo bem, tudo bem. Eu nem mesmo sei se a reprodução da cena vai mostrar o que achamos que vai mostrar, mas temos de tentar o melhor de nós para fazer algo. Vamos encontrar os outros no jardim. Venha, preciso de ar fresco.

Capítulo 9

Sara Enfrenta o Passado

Jim, a tia Patsy e Sophie estavam agachados, os três, com as mãos e joelhos no meio do pequeno jardim. A quantidade de galhos mortos que Jim havia retirado fez uma enorme diferença e, ao escurecer naquela noite, o pequeno grupo na verdade havia escavado outras três lápides de túmulos.

O sr. e a sra. Deloitte estavam enterrados ali, e também Edward, o filho deles.

– Acho que era a família que vivia aqui, e as Fotheringhams trabalhavam para eles – disse Amy-Beth.

A tia Patsy espiou a sobrinha. – Como sabe disso? Como sabe se não vieram de outro lugar?

– Ora, é apenas um palpite – Amy-Beth respondeu. – Talvez você tenha razão, quem sabe se os Deloittes não eram os empregados, não faço a menor ideia. De qualquer forma, vamos entrar para jantar, estou morrendo de fome.

A tia Patsy levantou-se e esfregou o limo das roupas. – Também estou faminta. Acho que tive uma ideia, meninas, porque não pedimos alguma comida pronta? Alguém quer pizza? E você, Jim, não gostaria de ficar para jantar conosco?

Jim olhou para a tia Patsy, e depois reparou a expectativa no rosto das três garotas.

– O que acham, meninas?

Amy-Beth e Lucy tinham então decidido que agora tudo realmente estava certo com o novo jardineiro, então elas concordaram com a tia Patsy que seria agradável ter um convidado extra para o jantar.

Os cinco sentaram em volta da mesa na cozinha aquecida para comer grandes pedaços de pizza, consumir enormes quantidades de suco de frutas, e discutir os acontecimentos do dia.

– Acho que devemos levantar bem cedo amanhã e limpar o resto do entulho – disse a tia Patsy. – Não é justo que as pessoas passem o descanso eterno abandonadas ao léu, com tudo coberto de mato. Talvez possamos plantar novas flores para fazer o jardim de fato parecer agradável novamente.

– Mas que boa ideia! – disse Lucy. – De qualquer modo, gostaria de saber porque os últimos donos deixaram as coisas chegarem a esse ponto.

– Bem, provavelmente os últimos donos nem souberam do tal cemitério, que deve ter existido muito tempo antes, a julgar pelo estado. De qualquer forma, vamos dar o melhor de nós amanhã, para que o local esteja arrumado e com boa aparência quando seus pais voltarem.

No café da manhã do dia seguinte, Sophie estava tristonha.

– Algo errado, queridinha? – perguntou a tia Patsy.

– É a Docinho. – Ela balançou a cabeça, abatida. – Pensei que ela estaria de volta hoje. Acho que ela não gostou de mim. Talvez a culpa seja minha.

– Não seja boba – tranquilizou a tia Patsy. – É claro que ela gostou de você, como alguém poderia não gostar de você? Ela vai voltar para casa, eu prometo que ela vai voltar para casa... – apesar de que agora até a tia Patsy estava começando a duvidar se a cadelinha voltaria mesmo algum dia.

Assim que terminaram o café, as meninas saíram e começaram a lavagem das lápides dos túmulos e a retirada do limo. Jim estava demorando a chegar naquela manhã. Ele prometeu que ajudaria a terminar de revolver o solo, de modo que tudo estivesse pronto para o plantio e para que os túmulos ficassem parecendo exatamente como deviam ter sido antes.

Por volta das 11h, Amy-Beth e Lucy avisaram a tia Patsy que iam buscar alguma bebida quente em casa e voltariam logo. Na verdade, as meninas foram para o estúdio, onde tentariam falar de novo com a Sara. Elas entraram no estúdio e rapidamente deram corda na caixa de música, mais uma vez olhando fixamente para o espelho.

– Sara, por favor venha! Somos nós, estamos de volta, prometemos que voltaríamos hoje de manhã e aqui estamos.

Primeiro veio a névoa, e depois Sara apareceu no espelho.

– Bom-dia – ela disse para as duas irmãs.

– Bom-dia – elas responderam. – Como você está hoje? – perguntou Amy-Beth.

– Como pensam que estou? Perturbada, confusa, amedrontada.

– Eu sei – disse Amy-Beth. – Você deve sentir tudo isso ao mesmo tempo, mas por favor, por favor, eu realmente acho que essa é a sua única chance. Por que não tenta fazer o espelho mostrar a cena? Tente! Por favor...

– Bem, pensei muito e foi difícil, mas decidi que sim, vocês provavelmente estão certas, eu devo mesmo fazer isso. Então, lá vai...

Sara sentou-se e colocou as mãos calmamente no colo, fechou os olhos e debruçou a cabeça em concentração profunda. Ela pensou na mãe, no jardineiro horroroso, na agradável sra. Deloitte e no marido, e em Edward, que costumava brincar com ela e a deixava passear no cavalo dele. Pensou muito, muito mesmo em todas as coisas que deliberadamente bloqueara da mente há séculos.

– Por favor – ela murmurou. – Por favor, por favor, deixe-me ver o que aconteceu naquele dia, por favor.

E não mais que de repente, lá estava ela! Do outro lado do espelho, a mesma garotinha parou, apertando um buquê de flores de verão. Ela estava fora da casa, curtindo o que parecia ser um belo dia ensolarado e, embora tivesse passado a maior parte da manhã na cozinha ajudando a mãe, agora estava decidida a aproveitar a claridade do sol. Havia colhido as flores para a mãe e as estava levando para ela na cozinha.

Ao seguir para lá, Sara parou no saguão, ao ouvir vozes exaltadas que vinham do local onde ela sabia que a mãe estava. Começou a caminhar mais depressa, alarmada pela possibilidade de ela estar correndo perigo ou de estar metida em alguma encrenca.

Quando se aproximou, notou a voz *dele*, o jardineiro, de quem jamais gostou, aquele que insistia em tirar a mãe do sério, e que reclamava da filha mimada e malcriada. Ela não era mesmo nem mimada e nem malcriada, adorava a mãe, sabia que aquele homem era malvado, e não suportava ficar perto dele. O tom de voz dele foi subindo, o que estaria dizendo? Esforçou-se para compreender o que ele falava.

– Você tem que escolher, Hannah – ela o ouviu gritar alto.– Você tem que decidir: ou eu ou ela. Ela é muito mimada, não consegue ver isso? Não me peça para tolerar essa menina. De qualquer forma, o meu salário não é suficiente para sustentar três pessoas da maneira como você foi acostumada.

Sara congelou. Ele estava tentando afastar a mãe dela, tentando separá-las! Não! Não... A voz dele ecoava na cabeça dela. Precisava falar com a mãe e pedir para que não o escutasse!

A voz da mãe foi a próxima a ser ouvida, zangada, também. – Olha, Dick, eu já lhe disse centenas de vezes: acabou. Não quero mais nada com você. Escolhi a Sara e não você, aliás nunca houve escolha nenhuma, verdade seja dita. Eu nunca amei você, eu odeio você, quero você fora da minha vida, e fora da vida da minha filha. Por favor, deixe-me em paz, ou serei obrigada a contar para a sra. Deloitte que você me persegue.

– Ora, então é assim, não é mesmo? – berrou Dick com toda força.

– Não deixo você um minuto em paz? Essa é boa! É você quem está vindo atrás de mim... Isso é óbvio para todo mundo! E o dia que você pediu carona para fazer compras na vila, hein? O que diz, então?

– Dick, eu precisei fazer compras, e não conseguia carregar tudo sozinha. Se soubesse que você não tinha entendido nada, não pediria, acredite em mim. Aliás, você não me deixa esquecer isso! Jamais vou pedir outro favor a você enquanto eu viver. Agora, por favor, vá embora da minha cozinha, preciso fazer o meu trabalho.

– Mas não é a sua cozinha, não é mesmo? É dela, da madame do andar de cima.

– Dick, por favor, não fale assim a respeito da sra. Deloitte. Ela tem sido muito boa para nós.

– Qual é! Ela pode ter sido boa para você, e para essa sua filha chata e mal-educada, mas não dá a mínima para gente como eu.

Em seguida, num tom de voz macio, ele começou a implorar. – Hannah, por favor, por favor, mude de ideia. Não vou suportar viver sem você. Eu amo você, adoro você, por favor case comigo, venha embora comigo, vamos ser muito felizes juntos.

Nessa hora, Sara empurrou a porta apenas o suficiente para reparar a mãe e Dick em pé no final da cozinha. Ele agarrava firmemente a mãe agitada pelos braços, o tempo todo, como se quisesse obrigá-la a compreender que a opinião dele era sensata.

– Solte-me, Dick. Solte meus braços, agora. Você está me machucando. Não vê que está me machucando?

Foi nesse ponto que Sara invadiu o local, gritando e batendo com os punhos. – Solte a minha mãe, deixe-a em paz, você a está machucando. Não ouviu o que ela disse?

– Sim, eu a estou machucando, não é mesmo, porque ela me machucou, e eu vou machucá-la ainda mais se ela não fizer o que eu quero. Então, deixe-nos em paz, criança chata e mal-educada, isso não tem nada a ver com você. Eu resolvo isso.

Sara voou para cima dele, então. – Não vou falar de novo, deixe a minha mãe em paz. – E começou a esmurrar as costas do homem com seus pequenos punhos o mais forte que podia, sempre com mais força. Mas ela era insignificante e ele era um homenzarrão, então os socos da menina não faziam efeito nenhum sobre ele, que continuou segurando Hannah, com as mãos presas atrás das costas.

– Diga para essa criança chata e mal-educada ir embora, fale para ela sair da cozinha antes que eu faça algo de que vamos todos nos arrepender!

Hannah, sem conseguir soltar os pulsos do aperto, em vez disso soltou a perna e aplicou o chute mais forte que podia na panturrilha de Dick.

– Ai – ele berrou e, mais zangado que nunca, soltou os pulsos da mulher e a esbofeteou com força no rosto. Quando Hannah levantou a cabeça depois do golpe, Sara pôde ver um filete de sangue escorrendo ao lado da boca da mãe. Isso era mais que ela podia suportar.

Ela começou a bater nele, e chutá-lo e socá-lo, gritando o tempo todo para ele sair e deixar a mãe em paz. A mãe tentou tranquilizá-la dizendo que estava tudo bem, mas dessa vez Sara estava em completo furor e arremeteu contra a mesa da cozinha em busca de algo para atacar aquele monstro.

A primeira coisa que lhe caiu nas mãos foi, é claro, uma faca, a maior faca que havia na cozinha.

Ela correu para cima de Dick, quase cega de pânico e medo e, assim que ficou dentro da distância de ataque, parece que ele sentiu tanto ela como o perigo atrás dele e saltou fora do caminho. A faca foi cravada diretamente na mãe.

Dick, quase triunfante, berrou: – Você a matou! Olha o que você fez. Eu sempre soube que você era má, você matou sua própria mãe... Eu sabia que você era muito má! Olha o que você fez. Olha o sangue escorrendo dela... Como você se sente sendo uma assassina?

Sara quase desfaleceu com o choque daquilo que acabara de acontecer, e começou a recuar, tentando se afastar do corpo o quanto pôde, até não poder mais quando sentiu as costas pressionadas com firmeza contra a parede. Dick, zombando agora, tripudiou novamente.

– Você a matou! Está feliz agora, mocinha? Você matou a única pessoa que um dia gostou de você... E ainda dizia que a amava! Por que fez isso?

Sara não aguentava mais. Ainda segurando a faca, virou o cabo contra si e cravou a lâmina diretamente no próprio coração, morrendo imediatamente.

Assim que a garota caiu no chão, outras duas pessoas chegaram na cozinha. O jovem sr. Edward e seu cavalariço pararam na entrada, tendo ouvido o tumulto do lado de fora.

Edward correu para onde a pequena Sara jazia e amparou o corpo desvanecido. Ele nem percebeu que suas próprias roupas ficaram encharcadas com o sangue da garota quando a abraçou fortemente.

– Sara! Oh, Sara... O que será de você? – lamentou. Tentou sentir o pulso no pescoço dela, mas nada encontrou. Relutando recolocá-la no chão, embalou-a contra si algum tempo, e depois a carregou com delicadeza da cozinha para a sala de estar onde a colocou delicadamente sobre um sofá.

Ao voltar à cozinha, e percebendo que Hannah ainda vivia, embora respirasse muito fracamente, mandou seu jovem cavalariço buscar o médico da vila.

O terrível jardineiro permanecia de pé num canto, observando a cena, quase satisfeito consigo mesmo! Era difícil acreditar que supostamente amasse a mulher deitada sobre as placas de pedra diante dele.

– Cai fora – disse Edward cerrando os dentes. – Caia fora daqui, e nunca mais me deixe pôr os olhos em você novamente, se sabe o que é melhor para você.

Dick se retirou, depois de experimentar da ira do sr. Edward, e decidir que provavelmente o melhor a fazer seria dar o fora antes que a lei fosse envolvida no caso. Ele preferia que a polícia não tomasse conhecimento do passado dele!

Edward carregou Hannah para o quarto da própria mãe e aguardou o médico chegar. Quando este chegou, pouco tempo depois, deu uma rápida olhada em Sara, mas só para confirmar o que Edward já sabia.

– Receio que ela esteja morta, meu rapaz, não podemos fazer nada.

Edward se dirigiu ao quarto da mãe, e rapidamente enxugou uma lágrima antes que o médico reparasse.

– Só não entendo o que aconteceu. Ela era uma coisinha linda, doce, gentil, delicada. Não sei o que houve na cozinha antes de chegar lá. – Os dois continuaram a subir a escada e Edward seguiu rumo ao quarto, para que o médico pudesse atender Hannah.

Embora a mulher tivesse perdido muito sangue, o médico conseguiu cuidar dela. O ferimento era bem superficial e não entrou suficientemente fundo para causar qualquer dano real.

Uma semana depois, Hannah Fotheringham ainda se recuperava na cama, e a sra. Deloitte e Edward conversaram com ela enquanto ela tentava tomar o café da manhã. Embora ferida na hora, e à beira de perder a consciência, ela viu o que aconteceu, e sabia que a filha havia cravado a faca no própria corpo. Seus olhos se encheram de lágrimas.

– Não posso acreditar que Sara tenha feito uma coisa dessas porque me feriu! Não posso acreditar que tirou a própria vida... Ela era a minha vida. Eu a adorava completamente. O que será de mim sem ela? – e, enterrou a cabeça nas mãos e soluçou.

A sra. Deloitte deu um abraço consolador na mãe em prantos.

– Eu sei, minha querida, e eu sei que você jamais esquecerá de Sara, ou da horrível maneira como ela morreu. Vamos enterrá-la no pequeno cemitério da família no jardim, para que ela esteja sempre por perto. Você pode plantar as flores que quiser, vamos mantê-las sempre lindas para você, e pela memória de Sara, pois ela era uma bela criança. Sei que é um pequeno consolo, mas pelo menos você a sentirá sempre por perto.

Capítulo 10

Um Milhão de Cacos

Ao voltar lentamente ao presente, Amy-Beth notou que seus olhos estavam úmidos. Ela os esfregou rapidamente antes que Sara pudesse ver, e se aproximou do espelho. A cena agora havia desaparecido totalmente e Sara continuava sentada, confusa no canto, com a cadelinha lambendo seus dedos, quase como se também sentisse que algo estava errado.

– Sara – disse Amy-Beth com delicadeza –, está tudo bem com você?

Sara tirou os olhos das mãos e virou-se para olhar Amy-Beth. – Não posso acreditar no que vi! Ela não morreu... No final das contas, eu não matei minha mãe, e olhe o que tive que padecer durante todos esses anos, por nada! Ora, eu não sei como devo me sentir: aliviada porque não a matei, triste porque ela me perdeu e teve que passar o resto da vida sem a única filha, zangada porque fui obrigada a passar tanto tempo presa dentro desse espelho, nem viva, nem morta... – Ela mal terminou esta última frase e explodiu em lágrimas, em fortes soluços cortantes que estremeciam seu corpo inteiro.

Assim como fizera antes, Lucy também deu um passo em direção ao espelho, como se tentasse alcançar a garota para confortá-la de algum jeito.

– Pobre Sara, pobrezinha! – ela murmurou. – Você deve ter sofrido tanto...

Amy-Beth sentou-se na grande poltrona defronte ao espelho. Ela segurava a caixinha de música na mão, e brincava distraidamente enquanto esperava Sara se acalmar. Por fim, ela decidiu que era tempo de falar.

– Sara, eu sei que está desesperadamente perturbada a respeito de tudo isso, mas é preciso olhar o lado positivo das coisas. Tudo isso significa que você está livre. Não sei se percebeu, mas você não tem mais que passar nenhum instante presa dentro dessa, dessa trama do tempo. Você pode ir embora já, hoje, para ficar com a sua mãe, tomar o seu lugar ao lado ela, onde você deveria estar há anos.

Sara olhou para ambas as irmãs e engoliu em seco. – Vocês têm razão, eu sei disso, só não sei se tenho coragem, até já me acostumei a ficar aqui. E afinal, como posso escapar do espelho? Sei que a minha mente está livre, já que agora eu sei a verdade, mas a minha alma ainda está presa nessa horrível teia, e não sei como me desvencilhar dela!

– Acho que sei como – disse Amy-Beth olhando primeiro para Lucy e depois para o espelho. – Mas eu vou ficar em maus lençóis com a mamãe e o papai por causa do que acho que tenho que fazer. Só Deus sabe se eles vão acreditar em uma só palavra dessa história!

Continuando em pé e voltando um pouco para trás do espelho, agarrou a mão de Lucy, puxando-a para trás com ela.

– Adeus, Sara – ela cochichou, acenando para Lucy fazer o mesmo, e ambas se despediram da amiga.

Erguendo a caixa de música no ar, Amy-Beth atirou-a com tudo direto no centro do espelho. Atingiu-o com tanta força que conseguiu exatamente o efeito desejado. Ela o estilhaçou em um milhão de cacos, em incontáveis pedaços de vidro que se espalharam pelo estúdio em todas as direções. As meninas cobriram os olhos e tentaram se proteger dos minúsculos e afiados cacos que agora entulhavam a sala.

Quando destaparam os olhos, não havia sobrado nada do espelho, exceto a borda dourada. Lucy ouviu um latido fraco e, curvando-se atrás da mesa de trabalho, encontrou Docinho!

– Ora, vamos querida, está tudo bem com você? Oh! Veja, Amy-Beth, ela cortou a patinha no meio de todo esse vidro. Lucy pegou um pano do bolso e enrolou-o firmemente na pata da cadelinha. – Está tudo bem, não é profundo, acho que ela vai sobreviver!

– Bem – suspirou Amy-Beth –, acho que funcionou. Não acha que a libertamos?

– Acho sim! – respondeu Lucy. – Tenho certeza absoluta de que agora ela foi para o lugar do descanso final, você finalmente lhe deu a paz.

– Não somente eu – disse Amy-Beth. – Você também ajudou, como você sabe. De qualquer forma, vamos lá fora encontrar Sophie. Ela vai voltar a ser uma garota feliz quando perceber o que você está carregando.

Quando as meninas surgiram de volta no portão da casa, elas viram o carro dos pais estacionado na entrada, depois de regressarem do fim de semana fora. Eles estavam falando com a tia Patsy, Sophie e Jim, sem dúvida conversando sobre a parte do jardim recentemente limpa. Amy-Beth e Lucy caminharam em direção a eles, vendo como os olhos de Sophie ficaram arregalados de emoção quando ela notou Docinho. Ela correu em direção à cadelinha, quase trombando com o pai no meio do caminho, de tanta pressa.

– Oi, mãe! Oi, pai! – disseram as meninas – aproveitaram o passeio?

– Sim, querida, fizemos um passeio adorável – respondeu a mãe, e o pai sorriu ao lado dela.

Quando Sophie pegou a cadelinha dos braços de Lucy, a mãe percebeu a pata enfaixada. – E então, o que houve com ela? – perguntou.

Amy-Beth e Lucy seguraram um braço de cada lado da mãe e assim começaram a caminhada de volta para casa.

– Bem, mãe – disse Amy-Beth –, receio que seja uma longa história...

TÍTULOS DA COLEÇÃO

HORA DO ESPANTO

O ESCRITOR FANTASMA

Charlie é um aluno com talento para escrever, mas nem mesmo ele consegue se lembrar de ter escrito todas aquelas palavras que aparecem em seu bloco de notas!

Parece que uma história está sendo contada nas páginas do texto manuscrito, mas quem está fazendo a narrativa e por quê?

O diretor da escola de Charlie está se mostrando um pouco interessado demais no bloco de notas e não parece muito contente. Conforme Charlie investiga, descobre que as coisas são piores do que ele jamais poderia imaginar. Você alguma vez já se assustou com o diretor de sua escola?

Eu quero dizer: ficou *realmente* assustado?

O ESPANTALHO

Não é raro pessoas se tornarem fortemente apegadas ao lugar onde nasceram... Mas um espantalho?

Uma série de acidentes misteriosos na nova fazenda da família Davis faz David suspeitar de que há uma relação entre eles.

Será que existe alguém, ou alguma coisa, por trás desses eventos macabros?

Quanto mais David investiga, mais ele quer manter a boca calada. Até que o terrível segredo do espantalho seja revelado!

O DOUTOR MORTE

Alguma vez você já foi ao médico com uma doença sem importância só para descobrir que iria piorar muito em seguida?

Foi exatamente isso o que aconteceu com Josh Stevens e seus amigos. Eles deixaram de ser uma turma de adolescentes saudáveis para se tornarem despojos pustulentos, fedidos, ensebados, depois que, por coincidência, passaram por uma consulta com o encantador e elegante doutor Blair. As espinhas medonhas de Josh vão colocar em perigo o futuro encontro dele com a adorável Karen, mas existem "remédios" muito mais sinistros no armário do "bom" médico.

Será que Josh e seus amigos conseguem impedir o doutor Morte de realizar seu plano funesto?

FELIZ DIA DAS BRUXAS

Samanta, Tiago e Mandy são irmãos. Os pais deles decidem descansar um pouco em uma tranquila aldeia no fim de semana do Dia das Bruxas. Os adolescentes estão muito preocupados, pois ficar em uma aldeia chata vai estragar a brincadeira de travessuras ou gostosuras.

Com certeza, o Dia das Bruxas será bem diferente do normal, mas longe de ser uma chatice!

Samanta descobre um velho livro de feitiçaria e rapidamente percebe que é capaz de controlar perigosos poderes. Logo, ela é levada para um mundo terrível e sinistro de magos e bruxos, e precisa escapar ou perderá a vida.

O POÇO DOS DESEJOS

Tom fica feliz da vida quando encontra um poço abandonado perto de casa.

Quando grita o que pensa dentro do poço, Tom esquece os problemas que precisa resolver na nova escola.

Lentamente, Tom percebe que quando compartilha seus desejos com o poço, eles se tornam realidade, por mais terríveis que sejam. O espírito do poço atende aos desejos, mas o que será que quer em troca?

E o que acontece quando Tom hesita em ajudar o espírito do Poço dos Desejos?